사상전의 기록

조선의 방공운동

- 본서는 2013년도 일본국제교류기금의 보조금에 의한 출판물이다.
  本書は平成25年度日本国際交流基金の補助金による出版物である。
- 본서는 2013년 정부(교육인적자원부)의 재원으로 한국연구재단의 지원을
  받아 수행된 연구(KRF-2007-362-A00019)이다.

일본 자료 총서 12
식민지 일본어문학 · 문화 시리즈 22

사상전의 기록
조선의 방공운동
思想戰の記錄-朝鮮に於ける防共運動

초판 인쇄 2014년 3월 20일
초판 발행 2014년 3월 31일

저   자 ㅣ 조선총독부 경무국 보안과
공 편 역 ㅣ 이정욱 · 가나즈 히데미 · 유재진
펴 낸 이 ㅣ 하운근
펴 낸 곳 ㅣ 學古房

주   소 ㅣ 서울시 은평구 대조동 213-5 우편번호 122-843
전   화 ㅣ (02)353-9907 편집부(02)353-9908
팩   스 ㅣ (02)386-8308
홈페이지 ㅣ http://hakgobang.co.kr
전자우편 ㅣ hakgobang@naver.com, hakgobang@chol.com
등록번호 ㅣ 제311 - 1994 - 000001호

ISBN   978-89-6071-372-7   94830
          978-89-6071-369-7   (세트)

정가 : 18,000원

이 도서의 국립중앙도서관 출판시도서목록(CIP)은 서지정보유통지원시스템 홈페이지
(http://seoji.nl.go.kr)와 국가자료공동목록시스템(http://www.nl.go.kr/kolisnet)에서
이용하실 수 있습니다.(CIP제어번호: CIP2014010349)

- 저자소개 -   사상전의 기록 ‑ 조선의 방공운동

이정욱 李正旭

고려대학교 일본연구센터 연구교수, 쓰쿠바대학 인문사회과학연구과 문학박사, 일본
영화연극 전공

| 주요 연구 |

『村山知義　劇的尖端』(공저, 森話社, 2012), 「1930년대 전후 일본프롤레타리아 아동문
화와 사상」(『日本思想』제24호, 2013.6), 「소형영화와 이동영화관」(『日本研究』제20집,
2013.8)외.

가나즈 히데미 金津日出美

고려대학교 일어일문학과 교수, 오사카대학 문학박사, 일본근대사 전공.

| 주요 연구 |

「「東亞醫學」と帝國の學知:「提携·連携」と侵略のはざまで」(『일본학보』제90호, 2012) ,
『중일 언어문화 연구의 발전과 탐색 Ⅲ』(공저, 한국문화사, 2013), 『東日本大震災と日本
―韓国から見た3.11』(공저, 關西學院 大學出版會, 2013) 외.

유재진 兪在眞

고려대학교 일본연구센터 소장/고려대학교 일어일문학과 교수, 쓰쿠바대학 인문사회과학
연구과 문학박사, 일본근현대문학 전공

| 주요 연구 |

『식민지 조선의 풍경』(공역서, 고려대학교출판부, 2007), 『제국의 이동과 식민지 조선의
일본인들』(공저, 도서출판 문, 2010), 『일본의 탐정소설』(공역, 도서출판 문, 2011), 『탐
정 취미-경성의 일어 탐정소설』(공편역서, 도서출판 문, 2012) 외.

사상전의 기록

조선의
방공운동

思想戰の記録-朝鮮に於ける防共運動

공역편 이정욱
가나즈 히데미
유재진

學古房

1945년 광복 이후, 좌우익의 대립, 분단, 전쟁을 겪은 우리는 공산주의에 대한 혐오 내지 콤플렉스를 가지고 있다고 해도 과언이 아니다. 또한 1950년대 후반부터 적극적으로 시작된 반공(反共) 이데올로기는 남북이 대치하는 현재도 진행형이라 할 수 있다. 그런데, 이러한 반공 이데올로기는 이미 1938년, 일제에 의해 "공산주의 사상 및 운동의 박멸 방위를 도모함을 물론 일본정신의 앙양을 도모"하기 위해 설립된 조선방공협회(朝鮮防共協會)에서 그 연원을 찾을 수 있다.

1938년 8월 15일 설립된 조선방공협회는 기관 잡지, 간행물의 발행, 강연회, 전람회, 좌담회 등을 통해 공산주의자의 선도 및 전향을 주요 사업으로 삼은 단체이다. 실제로 조선방공협회는 "전향자들의 취직알선" 창구역할을 함으로써 그들의 선도를 이끌기도 하였다.

설립 1년만인 1939년, 협회는 조선 전국에 253개의 지부와 하부조직으로 3,100개의 방공단(防共團), 18세부터 30세까지의 청년 19만여 명을 단원으로 거느린 거대한 조직으로 성장하게 되었다. 조직은 지역적, 직업별로도 이루어졌으며, 학교나 교화시설에도 하부조직을 두고 있었다.

조선방공협회가 1939년 1월 창간한 기관지 『방공의 조선(防共の朝鮮)』은 월간지로 형태로 발간되었으며, 창간 당시 35,000부가 발행되었고, 일본, 만주, 중국, 대만, 남양군도 등에도 배포망을 정비했으며 같은 해 10월에는 간행부수가 47,000부에 이르렀다.

기관지 발간과 함께 조선방공협회는 부정기적으로 '방공의 밤'을 개최했으며, 협회

설립 1주년을 기념해 부민관에서 개최된 '방공의 밤'에서는 음악, 연극, 영화를 통해 대중의 참여를 유도하기도 했다. 이 중, 현재 인터넷 사이트 유튜브에서 들을 수 있는 방공가, 방공단가도 있는데, 당시 일본 빅터 축음기 주식회사를 통해 1939년 11월까지 10,060장의 앨범을 제작해 조선의 각 조직인 방공단을 통해 일반에게 배포되었다.

하지만 조선방공협회가 국민총력조선연맹(國民總力朝鮮聯盟)으로 흡수된 1940년 10월 이후, 조선총독부는 방공(防共)보다는 방첩(防諜)에 중점을 두면서 조선방공협회의 흔적은 어디에서도 확인할 수 없게 되었다.

본서는 1939년 11월 조선총독부 경무국 보안과가 비매품으로 편찬한『조선의 방공운동(朝鮮に於ける防共運動)』의 원문 및 번역과 더불어 당시 제정된 관련 법규(군용자원비밀보호법(軍用資源秘密保護法), 국방보안법(國防保安法))으로 이루어져 있다.

본서를 통해 식민지기 일본 "국방의 제1선"이었던 식민지 조선에 대한 일본의 방공정책이 일반 대중에게 어떻게 시행되었으며, 매스 미디어가 어떠한 역할을 담당했는지 그 구체적인 모습을 엿볼 수 있는 귀중한 자료로서의 가치가 재조명되기를 바란다.

마지막으로 식민지일본어문학문화연구회와 정병호 교수님, 번거로운 작업을 함께 해주신 출판사 학고방의 하운근 사장님 이하 담당자 선생님께도 감사의 말씀을 드린다.

2014. 3
이정욱

제2부

제3부

제4부

제5부

제1부

『조선의 방공운동』 번역

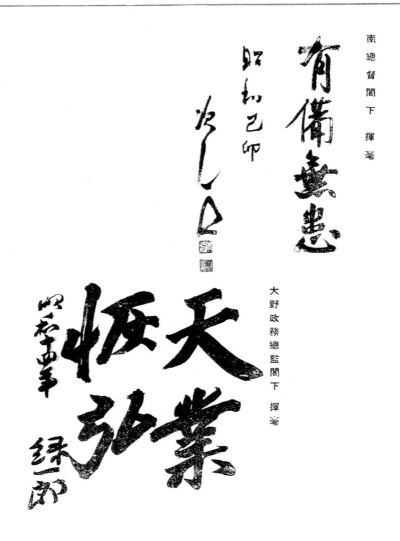

南總督閣下 揮毫

大野政務總監閣下 揮毫

미나미 지로(南次郎) 총독 각하 휘호
유비무환(有備無患) 昭和己卯(1939년), 次郎

오노 로쿠이치로(大野綠一郎) 정무총감 각하 휘호
천업회홍(天業恢弘) 昭和十四年(1939년), 綠一郎

윤덕영 각하 휘호
황도선양 방공호국(皇道宣揚 防共護國), 尹德榮

아리타 하치로(有田八郎) 각하 휘호
멸공건서(滅共建序), 有田八郎

방공운동 현황

조선에서 공산주의 운동은 1920년 이후 급격한 진전을 이루어, 1925년 4월 화요회(火曜會)[1]를 중심으로 한 일본에 있는 조선 유학생이 연계된 북풍회(北風會)[2]의 일부가 더해져, 경성에서 최초의 조선공산당(朝鮮共産黨) 및 고려공산청년회(高麗共産靑年會)[3]를 결성하게 되었다. 그 후, 코민테른의 정식 승인을 얻기에 이르고, 조선 전역에 걸쳐 운동전선의 확대강화에 광분하던 것이 1931년 만주사변을 계기로, 쇠퇴의 길을 걷게 되었으며, 이 또한 공산주의자들의 전향이 속출하면서 지나사변에 의해 정의(正義) 일본의 힘을 한층 인식하게 되었다. 또 다른 측면에서는 황국신민으로서의 의식에 눈을 떠 화려한 경력을 가진 위험분자도 과거 운동의 오류를 참회한 나머지 갑자기 마음을 바꿔 총후(銃後)의 수호에 전력을 다하는 등 그 사례는 적지 않았다. 이러한 현상은 필연적인 것으로

---

1 화요회(火曜會): 1923년 7월 7일, 경성의 낙원동에서 홍명희, 홍증식, 구연흠, 박일병 등이 주축이 되어 강습, 토론회, 사회주의 이론서적, 잡지 간행을 목표로 만든 단체인 신사상연구회(新思想研究會)가 1924년 11월19일(화요일) 개칭한 것이 화요회이다. 화요일이었던 칼 마르크스의 생일(1818년 5월5일)에서 유래한 이 단체는 연구 단체였던 신사상연구회에서 행동단체로의 방향전환을 도모했다. 일본 유학을 경험한 사회주의 이론가와 상하이에서 귀국한 이론가(박헌영, 김단야 등) 등 60여 명으로 설립된 화요회는 1925년 4월 27일 조선공산당 창립에 주도적인 역할을 했으며, 1926년 4월 14일 정우회(正友會)로 발전적 해체를 했다.
2 북풍회(北風會): 1924년 11월25일, 경성에서 설립된 사회주의 단체인 북풍회는 1923년 1일, 일본의 도쿄에서 김약수, 김종범, 변희용, 이여성 등 60여 명이 중심이 되어 만들어진 북성회(北星會)의 조선 지부의 성격이 짙었다. '북풍이 불게 되면 빈대나 모든 기생충이 날아가 버린다'는 속언에서 유래한 북풍회는 마르크스의 사회주의 이념이라는 '북풍'이 말해주듯 화요회와 더불어 조선공산당 창립에 깊숙이 관여했다.
3 고려공산청년회(高麗共産靑年會): 1925년 4월 18일, 박헌영, 김단야, 조봉암 등이 결성한 단체로, 식민통치로부터 해방과 반봉건적 제도와 모순의 타파를 통한 혁명을 꿈꾸었다. 농민의 의식교양과 쟁의에 대한 지도, 사상 강연회, 모스크바로 유학생 파견 등의 활동을 전개했다. 1926년 6·10만세 운동을 주도적으로 조직했으며, 1928년 7월 조선공산당 검거사건으로 대부분의 조직원이 구속됨으로써 해체되었다. 대중과 함께 하는 투쟁보다 사상무장을 강조한 나머지 대중화에 한계를 보였다.

써, 좌익진영의 쇠퇴를 초래하기 위해 매년 비합법운동 또한 점차 감소의 경향에 있었으나, 그럼에도 불구하고 아직도 집요한 잠행 공작의 흔적이 끊이지 않고 있으며, 오히려 그 수단방법이 점점 은밀하면서도 교묘해져 가는 실정이다.

2 조선방공협회 조직

공산주의 사상은 영원히 변치 않는^(萬代不易) 우리의 국체^(國體)를 명백히 증명함과 동시에 우리의 국체와 절대로 양립하지 않는 것으로서, 전 인류의 복지를 위태롭게 하는 침략 수단임을 천명하고, 이것이 국내로 침입하는 것을 단호하게 막아내는 한편 국내에서 이러한 종류의 사상의 철저한 박멸을 도모함으로써 우리의 황도정신^(皇道精神)을 널리 알려 방첩의 완벽을 기하는 것은, 현 시국에서 대단히 중요하다는 것을 인식하고, 단지 치안상뿐 아니라 지나사변의 장기화에 따른 국방적인 견지에서도 절대적으로 필요하기 때문에 그 구체안으로 민간 방공망을 확립하려 한다. 이로써 관민협력방공, 방첩의 목적달성에 매진해야 할 국민정신총동원운동과 병행하여 조직에 대한 준비를 진행시키며 다음의 취지와 규약, 사업내용에 따라 1938년 8월 15일 중앙본부인 조선방공협회를 조직함과 동시에 각각 임원을 추대, 촉탁 또는 임명해 조직을 완료시킨다.

조선방공협회취지

지나사변^(支那事變) 촉발 이래 어언 1년여, 이 사이에 우리 충성스럽고 용감한 장병은 파죽지세로 연전연승, 북지^(北支)를 지나 중남지^(中南支)를 석권해 큰 전과를 거두었으며 총후^(銃後)의 반도 민중 또한 시국을 잘 인식해 국민적 자각을 환기해 내선일체 진충보국의 성의를 다하려 하고 있다. 하지만, 코민테른의 꼭두각시인 장개석정권은 아직도 소위 장기 항일^(長期抗日)을 표방하고 있으며 혼란스러워진 국제 정세 또한 사변이후 그 상황을 전혀 예상할 수 없게 되어 시국은 점점 중대화해 가는 정세에 있다. 이러한 우리나라의 미증유의 중대 시국을 타개하고, 이번 성전의 목적인 동양의 영원한 평화를 확립하기 위해서는 거국일치 국책에 순응해, 모든 반국가적 사상을 극복함으로써 일본정신을 세계에 선양해 팔굉일우^(八紘一宇)의 거대한 이상의 실현을 기획해야 한다.

원래 소련이 선전하는 공산주의사상은 무익해 유물론적 편견에 사로잡혀 계급투쟁을 선동해 민심을 미혹하여 어지럽히고 문화를 파괴하며, 국제 정의를 무시해 세계혁명의 음모를 꾀하고, 후방 교란을 기획하는 등 사상 전략에 지나지 않는다. 그러나, 코민테른의 세계 적화(赤化)정책의 날카로운 기세는 서구에서 스페인의 동란을 유발해 유럽 전역에 일대(一大) 어두운 그림자를 던지고 있으며 더욱이 세력을 차츰차츰 동쪽으로 뻗어 이웃나라인 중국을 부추겨 항일 인민전선의 결성을 꾀하고, 장개석 정권을 통해 동양 평화의 교란자에 이르기에 이르렀다. 이 일은 이번 일본과 중국의 사변에 의해 그 전모가 명확해졌지만, 얼마 전, 일본・독일・이탈리아가 세계 역사상 획기적인 삼국 간 방공협정의 성립을 한 것은, 우선, 이 코민테른의 세계 적화의 위협에 대항해 공동 방위진의 강화를 계획하려 함에 있고, 혁신적 발흥(勃興) 기운에 있는 일본・독일・이탈리아의 삼국은 서로 제휴해서 공산주의적 파괴 공작을 배격하고, 국가의 안녕, 사회의 복지의 증진을 기대함으로 자진해서 방공정신을 국제적으로 일으켜 세계평화의 유지확립에 공헌하려는 것을 희망하려 함이다. 특히, 동아의 안정 세력인 우리 일본은 이 방공정신을 철저히 확충해, 서서히 이것을 현실에 적용시킴으로써 동양평화의 확립자인 신성한 국가적 사명의 실현에 매진하는 일의 중요성을 확신하고자 한다.

조선에서 공산주의운동의 현황을 보면, 만주사변을 계기로 서서히 쇠퇴의 기운을 보이고 있으며, 특히 이번 사변이 발생하자마자 이 종류의 공산주의자 중 다행히 성전의 의의를 인식해 황국신민 본연의 모습으로 돌아가, 서로 돕는 총후의 적성을 계속 피력하는 자들도 있다. 이것은 완고한 일부 주의자에게 있어서는, 반전 반국가적 언동을 기획해 거국일치의 체제를 방해하려는 듯한 움직임이라는 측면으로 인식되고 있어 실로 유감스런 측면도 있다. 말할 것도 없이 이러한 불온사상 및 운동에 대해서는 단호한 단속이 필요로 하지만, 다른 한편 우리나라 국체를 명확히 해, 일반 민중이 확고한 국체관념을 파악함과 동시에, 방공사상을 왕성하게 가지게 하여 자위적 입장에서 반국가사상의 침입감염을 막아내는 한편, 더 나아가 불온사상 소지자를 개과천선하게 하여 참 황국 신민으로의 자각을 재촉하는 것이 가장 중요한 것이다.

이러한 이유로 시국을 감안해 일독이 방공협정의 취지를 기반으로, 진정한 국방의 열매를 거두기 위해 조선방공협회를 조직, 일반대중을 총동원하여 공산주의사상 및 운동의 오류를 주지시키며, 이것이 박멸 방위를 도모함은 물론 더 나아가 일본 정신의 앙양을 도모함으로써 사상 국방의 완벽을 기하려한다.

1938년 8월 15일

조선방공협회규약 (1938년 11월 2일 일부개정)

제1장 명칭

제1조 본회는 조선방공협회라 한다.

제2장 목적 및 사업

제2조 본회는 공산주의사상 및 운동의 박멸방위와 일본정신의 앙양을 도모함을 목적으로 한다.

제3조 본회는 앞의 조항의 목적을 이루기 위해 다음의 사업을 시행한다.

기관 잡지 기타 간행물의 발행, 강연회, 전람회, 좌담회 등을 개최

(공산)주의자의 선도

방공상 필요한 사항의 조사연구

방공에 관한 공로와 업적이 있는 이의 표창

그 외, 회장이 필요하다고 인정된 사항

제3장 사무소

제4조 본회는 사무소를 조선총독부 경무국 내에 둔다.

제5조 본회는 각도에 연합지부를 두고 조선방공협회 ○○도 연합지부라 칭하고 사무소를 각도 경찰부내에 둔다.

제6조 본회는 필요에 따라 경찰서에 지부를 두어 조선방공협회 ○○도 ○○(경찰서명을 붙임)지부라 칭하고 사무소를 경찰서 내에 둔다.

제4장 회원

제7조 본회의 회원은 방공협회임원, 방공단원, 방공부원 및 회장이 적당하다고 인정하는 자로 한다.

제8조 회원은 물질적 부담을 지지 않는 것으로 한다.

제9조 회원이 본회의 명예를 더럽혔을 때는 회장이 제명할 수 있다.

제5장 총재, 고문 및 임원

제10조 본회는 정무총감을 총재로 추대한다.

제11조 본회는 고문을 둔다.

고문은 조선총독, 조선군 사령관, 진해 요항부 사령관을 추대한다.

제12조 본회는 다음의 임원을 둔다.

회장 1명

간사 약간 명(이 중 1명을 상무간사로 한다)

평의원 약간 명

주사 1명

사무원 약간 명

회장은 본회를 대표해 회의에 관한 사무를 총괄한다.

상무간사는 회장을 명을 받아 회의 통상업무를 집행한다.

평의원은 회장의 자문에 응답하거나 의견을 개진한다.

주사 및 사무원은 회장의 명을 받아 회의에 관한 업무에 종사한다.

제13조 회장은 경무국장, 상무간사는 경무국 보안과장, 그 외 간사 및 평의원은 적당하다고 인정되는 자를 총재가 촉탁한다.

주사 및 사무원은 회장이 임명, 면직한다.

제14조 연합지부에 다음의 임원을 둔다.

연합지부장 1명

연합부지부장 1명

연합지부간사 약간 명(이 중 1명을 상무간사로 한다)

연합지부 평의원 약간 명

연합지부 사무원 약간 명

연합지부장은 회장의 지휘를 받아 연합지부의 사무를 맡아 처리한다.

연합부지부장은 연합지부장을 보좌하고 연합지부장 부재 시 직무를 대리한다.

연합지부 상무간사 및 사무원은 지부장의 명을 받아 연합지부의 통상 업무를 처리한다.

연합지부 평의원은 연합지부장의 자문에 응답하거나 의견을 개진한다.

제15조 연합지부장은 도지사, 연합부지부장은 도 경찰부장, 연합지부 상무간사는 도 경찰부 고등경찰과장, 그 외 간사 및 평의원에 적당하다고 인정되는 자를 총재가 촉탁한다.

연합지부 사무원은 연합지부장이 임명, 면직한다.

제16조 지부에 다음의 임원을 둔다.

지부장 1명

부간사 약간명(이중 1명은 상무간사로 한다)

부평의원 약간 명

부사무원 약간 명

지부장은 연합지부장의 지휘를 받아 지부의 사무를 처리한다.

지부간사는 지부장의 명을 받아 지부의 상무를 처리한다.

지부평의원은 지부장의 자문에 응답하거나 의견을 개진한다.

제17조 지부장은 경찰서장, 지부 상무간사는 경찰서 고등주임, 그 외 간사로 적당하다고 인정되는 자를 연합지부장이 촉탁한다.

지부평의원은 방공단(부)장 기타 적당하다고 인정되는 자를 연합지부장이 촉탁한다.

지부사무원은 지부장이 임명, 면직한다.

제17조의 2 연합지부 또는 지부에 고문을 둘 수 있다.

연합지부 또는 지부 고문은 학식 경험 있는 자 중 적당하다고 인정되는 자를 각각 총재 또는 지부장이 촉탁한다.

제18조 임원의 임기는 3년으로 하고 연임이 가능하며 관직에 따라 총재 또는 임원인 자의 임기는 그 재직기간으로 한다.

보결로 취임한 자의 임기는 전임자의 남은 기간으로 한다.

제6장 방공단 및 방공부

제19조 지부 하에 필요에 따라 방공단을 조직하고 명칭은 임의로 정할 수 있다.

제20조 방공단은 단장 1인, 간사급 단원 약간 명으로 조직하고, 단 필요가 있을 때는

약간 명의 고문 또는 부단장을 둘 수 있다.

　제21조 단장, 고문, 부단장급 간사는 연합지부가 촉탁한다.

　　단원은 지부장이 임명, 면직한다.

　제22조 단장은 지부장의 지휘를 받아 단의 업무를 처리한다.

　　간사는 단장의 명에 따라 단의 사무에 종사한다.

　제23조 이미 설치된 교화단체, 학교, 기타 적당하다고 인정되는 단체에는 필요에 따라 관계기관과 협의 후, 방공단하에 방공부를 설치할 수 있다.

제7장 회의

　제24조 평의원은 필요에 따라 회장이 소집한다.

　제25조 평의원회는 간사 및 평의원으로 조직하고 회장을 의장으로 한다.

　　평의원회에 자문해야 할 사항은 대략 다음과 같다.

　　본회 목적 달성을 위한 중요 사항

　　예산 및 결산에 관한 사항

　　규약 개정에 관한 사항

　　총재 또는 회장이 특히 필요하다고 인정되는 사항

　제26조 연합지부 및 지부 평의원회는 필요에 따라 연합지부장 또는 지부장이 소집한다.

　제27조 연합지부 평의원회는 연합지부의 부지부장, 간사 및 평의원으로 연합지부장을 의장으로 한다.

　　지부평의원은 지부의 간사 및 평의원으로 지부장을 의장으로 한다.

　제28조 연합지부 및 지부평의원회에 자문해야 할 사항은 대략 다음과 같다.

　　연합지부 또는 지부의 목적 달성을 위한 중요 사항

　　기타 연합지부장 또는 지부장이 특히 필요하다고 인정되는 사항

　제29조 회의는 적당한 시기에 서면 심의로 할 수 있다.

제8장 회계

　제30조 본 회의 회계연도는 매년 4월 1일에 시작되어 다음 해 3월 31일까지로 한다.

제31조 본 회의 사업자금은 보조금 또는 독지가의 기부로 충당한다.

제9장 부칙

제32조 본 회의 규약은 평의원회의 자문을 얻으며, 총재의 승인 없이는 변경할 수 없다.

조선방공협회 사업내용

(1)계발선전
    (가)정기적 기관지의 발행
    (나)선전 인쇄물의 발행(팸플릿, 포스터, 전단지 등)
    (다)강연회, 전람회, 좌담회의 개최
    (라)방공단 지도원의 순회
    (마)신문통신, 라디오, 영화 등의 이용
    (바)전향자의 활용
    (사)방공주간, 방공의 날 또는 가두선전의 실시
    (아)청년, 학생 생도 기타 각종 단체에 대한 지도훈련
    (자)기타

(2)조성
    (가)주의자의 전향조성
    (나)사상 선도 단체의 활동원조
    (다)사상 악화 지대의 정화숙정(淨化肅正)
    (라)기타

(3)조사
    (가)소련의 실정조사

(나)좌경 또는 전향의 동기 등의 조사

(다)각국에서 있어 방공운동의 실정 조사

(라)기타 방공운동에 관해 필요한 조사

(4)표창

공산주의 운동의 단속 또는 방공운동에 있어 공로가 있는 자의 표창

조선방공협회 임원

총재 정무총감

고문 조선총독

고문 군사령관

고문 진해 요항부 사령관

회장 경무국장

간사 ◎보안과장

간사 도서과장

간사 경무과장

간사 문서과장

간사 법무과장

간사 사회교육과장

간사 보안과 사무관

간사 육해군 관리

간사 조선군 정보주임참모

간사 헌병대 사령부 고급부원

평의원 본부 각국 부장

(내무, 학무, 법무, 식산, 농림, 재무, 철도, 통신, 전매, 외무)

평의원 각도 연합 지부장

평의원 고등 법원 검사장
평의원 경성제국대학 총장
평의원 조선군 참모장
평의원 조선 헌병대 사령관
평의원 진해 요항부 참모장
주사 보안과 전임촉탁

비고 ◎인은 상무간사로 한다.

3 조선방공협회 하부조직의 상황

1938년 8월 15일 중앙부인 조선방공협회를 조직하고, 같은 해 9월 2일 각도 고등외사와 경찰과장을 소집한 협의회에서 본 협회의 하부조직인, 도연합 지부 이하의 조직과 그 활동방침 등에 관한 협의협회를 구성하였다.

그리고 연합지부 이하의 조직에 있어 본 협회 창립 목적인 민간 방공망^(防共網)의 취지를 철저히 하기 위해 상당수의 민간 적임자를 간부로 의탁하였다. 또한 방첩활동은 방공활동과 함께, 본 협회의 활동내용이라는 것을 취지서 및 규약에 명기한다. 방공단 및 방공부의 조직에 있어서는 형식을 폐지하고, 무분별한 설치를 피하고, 지방의 실정에 따라 실제 필요한 몇 곳부터 결성하기로 하였으며, 곧바로 결성에 착수하였다. 그 결과 각도경찰부에 둔 도연합지부는 같은 해 9월 말까지 조직을 완료(함경북도는 11월 26일 완료)하게 되었다. 또한 각 경찰서에 두게 될 지부는 같은 해 10월말까지 그 결성을 완료하고 최하부 조직인 방공단(방공부) 또한 결성하게 되었으니, 1939년 9월말 현재 방공단(부) 수는 3100단(부), 부원은 19만 1977명에 이르게 되었다. 도 연합지부 이하의 조직의 상세 및 계통도는 별표와 같다.

충청북도 연합지부 결성식에서 사령장 전달

1938년 9월 27일 전라남도 연합지부 결성식 상황

9월22일 전라북도 연합지부 결성식 상황

충청북도 연합지부 결성식 당일의 상황

평안북도 신의주 지부 결성식의 상황

1938년 10월 6일 부산 미나카이(三中井) 방공단[4]의 결성식 상황

---

4   미나카이 방공단(三中井防共團) : 부산의 미나카이 백화점에 있던 방공단 조직. 부산 최초의 백화점인 미
    나카이 백화점은 시가현 출신의 나카에 4형제가 설립했으며, 1907년 진주점을 시작으로, 경성(1911년),
    부산(1911), 평양(1919), 도쿄(1923), 흥남(1928), 대구본점(1933), 신의주점(1940), 남경(1941) 등 조선
    전국에 12개 지점, 만주, 중국에 6개점을 둔 거대 백화점이었다. 종업원은 4천여 명에 이르렀으며, 연
    매출 11억 엔을 기록한 백화점이다. 현재의 롯데백화점 광복점이 있는 부산시 중구 중앙동 7가 20번지
    에 위치했으며, 1937년 9월 건립된 백화점은 5층으로 2대의 엘리베이터를 갖춘 최신식 건물이었다. 한
    국 전쟁기간에는 제5육군병원으로 사용되었다. 조두진,『북성로의 밤』, 한겨레출판사, 2012년.

방공단(부) 결성 상황표(1939년 9월말 현재)

도명 지부 수 단수 단원 수(지역에 의해 조직한 것)

도명	지부수	지역에 의해 조직한 것		단체별에 의해 조직한 것		직업별로 조직한 것		계		학교에 설치한 것		기타 교화단체내에 설치한 것		계		합계	
		단수	단원수	단수	단원수	단수	단원수	단수	단원수	부수	부원수	부수	부원수	부수	부원수	단(부)수	단(부)원수
경기도	24	198	12240	96	4074	5	136	299	16450	1	250	7	145	8	395	307	16845
충청북도	10	13	646	7	832	5	296	25	1774	2	220	9	295	11	515	36	2289
충청남도	14	166	4439	2	71	9	546	177	5056	-	-	-	-	-	-	177	5056
전라북도	14	43	1775	2	173	12	2865	57	4813	1	157	11	1118	12	1345	69	6158
전라남도	22	271	12122	47	3599	11	3573	329	19294	4	461	-	-	4	461	333	19755
경상북도	23	61	5506	15	1261	5	159	81	6476	-	-	1	26	1	26	82	6503
경상남도	24	53	1325	31	1204	44	1024	128	3553	6	198	-	-	6	198	134	3751
황해도	18	39	1382	6	255	42	383	87	3820	-	-	-	-	-	-	87	3820
평안북도	24	13	840	36	5768	31	1940	80	8548	15	2044	5	247	20	2291	100	10839
평안남도	17	54	3917	125	12411	28	1768	207	18158	16	1067	113	10428	129	11495	336	29653
강원도	22	113	4743	17	770	15	924	145	6437	-	-	1	16	1	16	146	6453
함경남도	21	498	23956	1	7	32	7107	531	31063	-	-	1	64	1	64	532	31129
함경북도	20	726	45578	15	1998	17	1956	758	49532	-	-	3	194	3	194	761	49726
합계	252	2248	118469	400	32423	256	22677	2904	174744	45	4397	151	12533	196	17000	3100	191977

조선방공협회 조직계통도

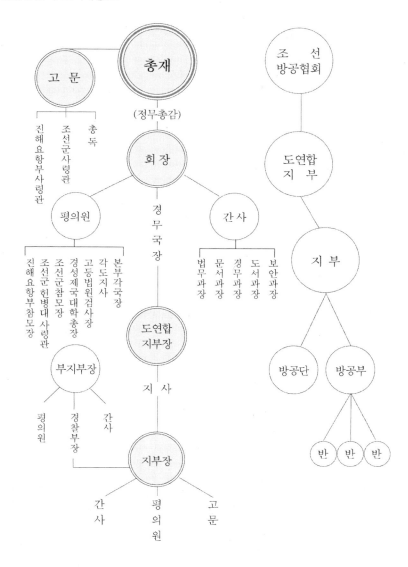

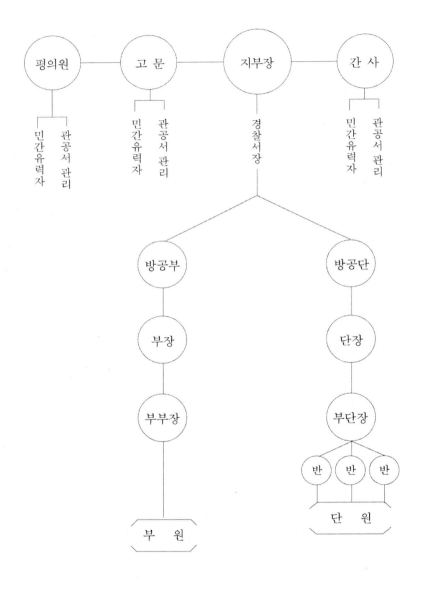

앞에서 기술한 바와 같이 하부조직의 완료와 함께, 각도에서도 각각 활동 기구의 조직을 정비하고, 구체적 활동을 개시했지만, 지난 1년의 실적은 미비하였으며, 방공단의 지도활동상 유감인 점도 없다고 할 수는 없겠다. 그리하여 1939년 8월 2일 개최된 각도 고등경찰과장회의에서 이 지도훈련 등에 관한 타협회의를 통해, 방공단의 설치, 지도 및 사열 요강을 별지와 같이 결정하였다. 운용에 있어서는 대략 동 요강에 준거해 각지의 실정을 참작하여 적당한 구체적 계량방법을 강구하기로 하였으며, 이때 설치된 방공단에 대해서도 재검토를 통해 그 지도활동의 완벽을 기하기 위해 각 도연합지부 앞으로 통첩을 보내는 등 특단의 노력을 촉구했다.

방공단 설치요강

1 방공단(부)의 설치
(1) 설치방침
방공단은 도읍지, 교통상의 요충지 또는 공산주의 운동이 빈번한 지방 또는 이에 편승하기 쉬운 몇 곳에 설치한다.
(2) 설치장소
방공단을 설치해야 할 장소는 다음과 같다.
　① 경찰서 소재지
　② 필요하다고 인정되는 주재소(출장소) 소재지
　③ 기타 방공단의 설치가 필요하다고 인정되는 장소
　④ 이미 설치된 교화단체, 학교 기타 적당하다고 인정되는 단체에는 필요에 따라
　　방공단에 준하는 방공부를 설치할 수 있다.
(3)설치 순서
방공단(부)을 조직해야 할 지구 및 단체 등은 지부장의 보고에 따라, 연합 지부장이 지정한다.

2 방공단(부)의 조직요령

(1)방공단 조직 표준

방공단은 다음의 기준에 의해 대략 단원 50명 이상으로 조직한다.

　① 지역에 의한 경우

　② 단체에 의한 경우

　③ 직업에 의한 경우

　지역에 의한 경우, 가능한 한 경찰서 또는 주재소 소재지로부터, 대략 4㎞ 이내의 지역에 살고 있는 청장년으로 조직한다.

　단체에 의한 경우는 관공서, 은행, 회상 등의 직원, 사원, 고용인으로 조직한다.

　직업에 의한 경우는 대상점, 공장, 광산, 운송업 등 다수 종업원 및 노동자를 고용하는 업무 경영자 또는 숙박업소, 요리점, 음식점, 인쇄소, 서점 등과 같이 특수 영업자 및 이의 종업원 및 노동자 전원으로 조직한다.

(2)방공단의 부서 및 하부조직

　① 방공단 내에 서무, 교양, 선전 등의 부서를 설치할 수 있다.

　② 방공단원의 지도, 교양 기타 필요에 따라 방공단 하에 지역직업, 직장, 연령, 성별, 근무 등의 반을 설치할 수 있다.

　③ 방공부의 조직요령

　방공부는 이미 설치된 교화단체, 학교 등의 기존 부서에 병치한다.

3 임원

(1) 방공단(부)에는 단장, 부단장(부장, 부부장)각 1명 및 간사 약간 명을 둔다.

(2) 필요하다고 인정될 때는 방공단(부)에 고문을 둘 수 있다.

(3) 전 각호의 임원은 연합지부장이 촉탁한다.

4 본 요강 시행에 필요한 세칙은 연합지부장이 정한다.

방공단의 지도요강

1 지도목표

방공단(부)의 지도목표는 방공단(부)원의 방공사상 고취 및 일본정신 앙양이며 동시에 일반 국민의 방공(방첩)사상을 환기함에 있다.

2 지도적임자
(1)책임자
방공단(부)원의 지도는 지부장, 단장(부장)에 해당하는 자로 한다.
(2)보조자
지부장은 부단장(부부장)간사, 반장 중에서 적당하다고 인정되는 자를 지도의 보조로 한다.
(3)기타
연합지부장, 지부장은 학식 있는 명사, 기타 적당하다고 인정되는 자에게 강연, 강의 등을 위촉할 수 있다.

3 지도사항
방공단(부)의 지도사항은 대략 다음과 같다
(1) 공산주의의 배격에 관한 사항
(2) 소련의 내정 및 대외적화 정책에 관한 사항
(3) 방공 추축[5]을 둘러 싼 국제정세에 관한 사항
(4) 국방사상에 관한 사항
(5) 일본정신에 관한 사항
(6) 국민도덕에 관한 사항
(7) 내선일체에 관한 사항
(8) 교련예식 및 기타 훈련에 관한 사항
(9) 사회봉사에 관한 사항
(10) 방첩에 관한 사항

---

5   추축(樞軸): 2차 대전 중, 일본, 독일, 이탈리아의 삼국동맹에 속한 나라.

4 지도방법

방공단(부) 지도는 별도로 지정한 방공단 강령 및 실적 요항에 의하며, 특히 다음 두 항목에 유의해 지도의 완벽을 기한다.

(1) 대상에 따른 지도

지도 대상의 구분 및 지도의 중점 사항은 대략 다음과 같다.

지도 대상의 구분	지도의 중점
학생, 생도	(1) 반제반전 운동의 배격에 관한 사항 (2) 좌익예술의 배격에 관한 사항
지식계급	(1) 좌익출판물의 배격, 축출에 관한 사항 (2) 반제반전운동의 배격에 관한 사항 (3) 좌익예술의 배격에 관한 사항 (4) 비전향자의 전향촉진에 관한 사항
노동자 농민	(1) 노동자 자본가간의 협조에 관한 사항 (2) 계급의식의 타파에 관한 사항
기타 일반민중	(1) 소련의 내정폭로에 관한 사항 (2) 공산주의의 죄악폭로에 관한 사항

(2) 지도방법의 종류: 방공단(부)원의 지도는 대략 다음 사항에 따라 이루어지는 것으로 한다.

    ① 집합지도

        가, 강연, 강화, 강의, 좌담회

        나, 청년단(부)원에 대해서는 부대 교련의 실시

    ② 문서, 서적에 관한 지도

        문서, 서적의 윤독, 회람, 공동강독, 문고의 설치

    ③ 서화, 영화, 연예, 가요 등에 의한 지도

        전람회, 학예회, 변론회, 종이연극, 연극, 라쿠고(落語), 만자이(漫才) 등의 실시

5 지도계획 및 보고

(1) 지부장은 매년 1월 방공단(부)의 지도계획을 수립해 전년도의 실적과 함께 연합지부장에게 보고한다.

(2) 연합지부장은 매년 2월 방공단의 지도 성적 및 일반 민중의 방공사상 향상의 상황을 조선방공협회장에게 보고한다.

조선방공협회 강령 및 방공단 실적요항

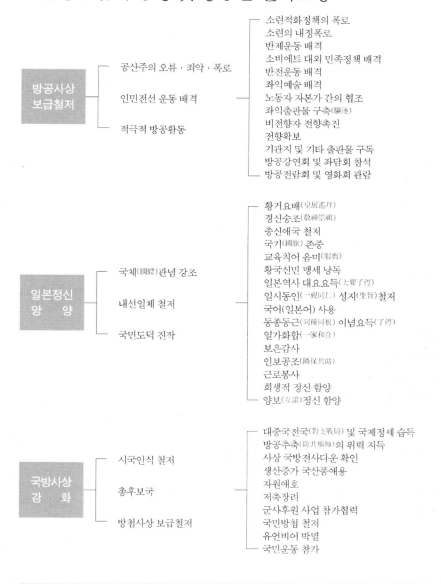

방공사상 보급철저
- 공산주의 오류 · 죄악 · 폭로
- 인민전선 운동 배격
- 적극적 방공활동
  - 소련적화정책의 폭로
  - 소련의 내정폭로
  - 반제운동 배격
  - 소비에트 대외 민족정책 배격
  - 반전운동 배격
  - 좌익예술 배격
  - 노동자 자본가 간의 협조
  - 좌익출판물 구축(驅逐)
  - 비전향자 전향촉진
  - 전향확보
  - 기관지 및 기타 출판물 구독
  - 방공강연회 및 좌담회 참석
  - 방공전람회 및 영화회 관람

일본정신 앙양
- 국체(國體)관념 강조
- 내선일체 철저
- 국민도덕 진작
  - 황거요배(皇居遙拜)
  - 경신숭조(敬神崇祖)
  - 충신애국 철저
  - 국기(國旗) 존중
  - 교육칙어 음미(服膺)
  - 황국신민 맹세 낭독
  - 일본역사 대요요득(大要了得)
  - 일시동인(一視同仁) 성지(聖旨)철저
  - 국어(일본어) 사용
  - 동종동근(同種同根) 이념요득(了得)
  - 일가화합(一家和合)
  - 보은감사
  - 인보공조(隣保共助)
  - 근로봉사
  - 희생적 정신 함양
  - 양보(互讓)정신 함양

국방사상 강화
- 시국인식 철저
- 총후보국
- 방첩사상 보급철저
  - 대중국전국(對支戰局) 및 국제정세 습득
  - 방공추축(防共樞軸)의 위력 지득
  - 사상 국방전사다운 확인
  - 생산증가 국산품애용
  - 자원애호
  - 저축장려
  - 군사후원 사업 참가협력
  - 국민방첩 철저
  - 유언비어 박멸
  - 국민운동 참가

방공단 사열요강

1 사열관 및 사열시기
(1) 조선방공협회 연합 지부장은 방공활동의 지도감독을 위해 매년 1회 이상 방공협회지부 및 방공단을 사열한다.
(2) 연합지부장은 연합부지부장을 통해 사열할 수 있다.
(3) 조선방공협회장은 간사를 통해 임시 사열한다.

2 사열사항
사열은 다음의 사항에 따라 시행한다.
(1) 지부 사업 및 사무의 정리 상황
(2) 방공단(부) 조직의 적합 여부
(3) 방공단(부)원 지도교양실시의 상황 및 실적
(4) 방공단 실적 및 중요항목^(要H) 장려 상황
(5) 방공활동 상황
(6) 일반 민중의 방공사상 및 황국신민 의식 향상의 상황

3 사열요령 및 보고
(1)사열에 맞춰 제출해야 될 서류, 소집해야 할 단(부)원수 및 순서와 방법 등은 사열관이 상황에 따라 지시한다.
(2)사열 후, 그 상황을 10일 이내에 조선방공협회장에게 보고한다.

5 조선방공협회의 법인조직

본 협회 창립 후 곧바로 그 취지 및 목적 달성을 위해 별항에 기재한 바와 같이 각종 사업의 실시를 개시하고, 상당한 실적을 올리고 있으나 아직은 직접적으로 그 사명을 완료할 수 없다고 할 수 있다. 그러므로 사업의 전면적 확장을 도모하고 각반 회의의

업무(業務)의 원활한 운영과 국민방공의 실적거양에 한층 유력한 공헌을 이루기 위해, 본회의 기구를 한층 더 강화하고 정비할 필요가 있다는 것이 사실이다. 이에 우선 본회를 해산하고 별지 기부행위 및 동 실행 세칙에 근거해 새롭게 재단법인 조선방공협회를 설립하는 것으로 하며, 만반의 수속을 마치고 현재 허가 출원 중이다.

재단법인 조선방공협회 설립 취지서

지나사변(支那事變) 촉발 이래, 우리 충성스럽고 용감한 장병은 파죽지세로 연전연승, 중국 전역을 석권해 큰 전과를 거두었으며, 총후(銃後)의 반도 민중 또한 시국을 잘 인식해 국민적 자각을 환기하는 한편 내선일체 진충보국의 성의를 다하려 하고 있다. 하지만, 코민테른의 꼭두각시인 장개석정권은 아직도 소위 장기 항일(長期抗日)을 표방하고 있으며 혼란스러워진 국제 정세 또한 사변이후 그 상황을 전혀 예상할 수 없게 되어 시국은 점점 중대화해 가는 정세에 있다. 이러한 우리나라의 미증유의 중대 시국을 타개하고, 이번 성전의 목적인 동양의 영원한 평화를 확립하기 위해서는 거국일치 국책에 순응해, 모든 반국가적 사상을 극복함으로써 일본정신을 세계에 선양해 팔굉일우(八紘一宇)의 거대한 이상의 실현을 기획해야 한다.

원래 소련이 선전하는 공산주의사상은 무익해 유물론적 편견에 사로잡혀 계급투쟁을 선동해 민심을 미혹하여 어지럽히고 문화를 파괴하며, 국제 정의를 무시해 세계혁명의 음모를 꾀하고, 후방 교란을 기획하는 등 사상 전략에 지나지 않는다. 그러나, 코민테른의 세계 적화(赤化)정책의 날카로운 기세는 서구에서 스페인의 동란을 유발해 유럽 전역에 어두운 그림자를 던지고 있으며 더욱이 세력을 차츰차츰 동쪽으로 뻗어 이웃나라인 중국을 부추겨 항일 인민전선의 결성을 꾀하고, 장개석 정권을 통해 동양 평화의 교란자에 이르기에 이르렀다. 이 일은 이번 일본과 중국의 사변에 의해 그 전모가 명확해졌지만, 얼마 전, 일본 · 독일 · 이탈리아가 세계 역사상 획기적인 삼국 간 방공협정의 성립을 한 것은, 우선, 이 코민테른의 세계 적화의 위협에 대항해 공동 방위진의 강화를 계획하려 함에 있고, 혁신적 발흥(勃興) 기운에 있는 일본 · 독일 · 이탈리아의 삼국은 서로 제휴해서 공산주의적 파괴 공작을 배격하고, 국가의 안녕, 사회의 복지의 증진을 기대함은 물론, 자진해서 방공정신을 국제적으로 일으켜 세계평화의 유지확립에 공헌하려는 것을 희망하려 함이다. 특히, 동아의 안정 세력인 우리 일본은 이 방공정신을 철저히 확충해, 서서히 이것을 현실에 적용시킴으로써 동양평화의 확립자인 신성한 국가적 사명의 실현에 매진하는 일의 중요성을 확신하고자 한다.

조선에서 공산주의운동의 현황을 보면, 만주사변을 계기로 서서히 쇠퇴의 기운을 보이고 있으며, 특히 이번 사변이 발생하자마자 이 종류의 공산주의자 중 다행히 성전의 의의를 인식해 황국신민 본연의 모습으로 돌아가, 서로 돕는 총후의 적성을 계속 피력하는 자들도 있다. 이것은 완고한 일부 주의자에게 있어서는, 반전 반국가적 언동을 기획해 거국일치의 체제를 방해하려는 듯한 움직임이라는 측면으로 인식되고 있어 실로 유감스런 측면도 있다. 말할 것도 없이 이러한 불온사상 및 운동에 대해서는 단호한 단속이 필요로 하지만, 다른 한편 우리나라 국체를 명확히 해, 일반 민중이 확고한 국체관념을 파악함과 동시에, 방공사상을 왕성하게 가지게 하여 자위적 입장에서 반국가사상의 침입감염을 막아내는 한편, 더 나아가 불온사상 소지자를 개과천선하게 하여 참 황국 신민으로의 자각을 재촉하는 것이 가장 중요한 것이다.

이에 조선방공협회는 시국을 감안, 일본·독일·이탈리아간의 방공협정의 취지에 따라 국민방공의 열매를 맺기 위해 일반대중을 총동원하여 공산주의 사상 및 운동의 오류를 주지시키며 박멸방위를 도모함은 물론, 더 나아가 일본정신의 앙양을 도모함으로써 사상 국방의 완벽을 기하기 위하여 1938년 8월 14일 설립되었다. 그 후 기관지의 발행, 사상 전람회의 개최, 방공 방첩의 날의 실시 방공방첩 좌담회 강연회의 실시, 팸플릿의 인쇄배포, 방공 방첩영화회의 개최, 포스터 표어의 현상모집 및 배포 등 여러 방면에 걸쳐 차근차근 업적을 쌓아 오늘에 이르렀다.

그렇다 하더라도 현재의 기구가 아직은 본회의 사명을 완벽히 완수할 수 없음을 감안하여 이 사업의 전면적 확충과 각반(各般)의 회무운영의 원활을 기약하고자 한다. 이에 국민방공의 실적 거양(擧揚)에 한층 유력한 공헌을 하기 위해 본회의 기구를 강화하고 정비하여 적당한 시기에 우선 본회를 해산하고 별지 기부 행위안에 따라 새롭게 재단법인 조선방공협회를 설립하려고 한다.

재단법인 조선방공협회 기부행위

제1장 명칭 사무소 및 지부
제1조 본회는 재단법인 조선방공협회라 한다.

제2조 본회는 사무소를 경성부 광화문통 조선총독부 경무국 내에 둔다.

제3조 본회는 각도 경찰부내에 연합지부, 각 경찰서 내에 지부를 둔다.
　　　연합지부 및 지부의 명칭은 도명 또는 서명을 사용한다.
　　　연합지부 또는 지부에 관한 세칙은 회장의 승인을 얻어 연합지부장 또는 지부장
　　　이 정할 수 있다.

제2장 목적 및 사업
제4조 본회는 공산주의 사상 및 운동의 박멸과 이에 맞춘 일본정신의 앙양을 도모
하고 국민방공의 완벽을 기함을 목적으로 한다.

제5조 본회는 앞 조의 목적을 달성하기 위해 다음의 사업을 행한다.
　　　1, 기관 잡지 기타 간행물의 발행, 강연회, 전람회, 좌담회 등의 개최
　　　2, 방공지식의 보급철저
　　　3, 공산주의자의 선도 및 일반민중의 적극적 방공활동의 조장 촉진
　　　4, 방공상 필요한 사항의 조사연구
　　　5, 방공에 관한 공로업적이 있는 자의 표창
　　　6, 기타 본회의 목적을 이루기 위해 필요한 사항

제3장 자산 및 회계
제6조 본회의 자산은 다음과 같다
　　　1, 별지 재산 목록 기재 재산
　　　2, 본회가 소유한 동산 및 부동산
　　　3, 본회의 사업 또는 재산으로 인해 발생하는 수입
　　　4, 국고 보조금
　　　5, 유지자의 기부에 따른 금전 및 기타 물건
　　　6, 기타 수입

제7조 본회의 자산을 기본재산, 보통재산으로 나눈다.

제8조 본회의 기본재산은 다음의 각 호에 언급하는 것으로 한다.

    1, 지정기부를 받은 금전 및 기타 물건

    2, 평의원회의 의결에 따라 기본재산에 편입된 것

제9조 기본재산 이외의 재산을 보통재산으로 한다.

기본재산은 소비할 수 없다. 단 특별한 사정이 있는 경우, 평의원회에서 평의원 정수의 3분의 2이상의 동의를 얻었을 때는 예외로 한다.

제10조 기본재산인 현금은 우편관서 또는 확실한 은행에 예입하거나 국채증권 및 기타 확실한 유가증권을 구입해 그 이자로 충당한다.

제11조 본회의 경비는 기본재산으로 인해 생기는 수입 및 보통재산으로 충당한다.

제12조 회장은 매 회계연도 세입출 예산을 조정하고, 이는 매년 개시 전 평의원회의 의결을 거쳐야 한다.

제13조 본회의 회계연도는 매년 4월1일에 시작하며 3월 31일에 끝난다.

제14조 회장은 평의원회의 의결을 거쳐 기정예산의 추가 또는 갱생을 위한 일을 할 수 있다.

제15조 회장은 매년도의 말일 현재, 결산을 조정하여 평의원회에 이를 보고해야 한다.

제16조 매 회계연도의 잉여금은 다음해의 경비에 충당한다.

제4장 회원

제17조 본회의 회원을 다음의 세 종류로 나눈다.

    1, 명예회원: 학식경력이 있는 자 또는 본회를 위해 특별한 공로가 있는 자로써 회장이 추천하는 자.

    2, 특별회원: 기부금 5천 원 이상을 갹출한 자

    3, 정회원: 방공협회임원, 방공단원, 방공부원

제18조 회원이 본회의 명예를 훼손한 때는 회장이 제명할 수 있다.

제5장 총재, 고문 및 임원

제19조 본회는 정무총감을 총재로 추대한다.

제20조 본회는 고문을 둔다.
　　고문은 조선총독, 조선군 사령관, 진해 요항부 사령관을 추대한다.

제21조 본회에 다음의 임원을 둔다.
　　1, 회장
　　2, 간사 약간 명(이중 1명은 상무이사로 한다)
　　3, 평의원 약간 명
　회장은 본회를 대표해 회의 업무를 총괄한다.
　상무간사는 회장을 명을 받아 상무를 집행하고, 회장 부재시 직무를 대리한다.
　평의원은 회장의 자문에 응답하거나 의견을 개진하다.

제22조 전조(前條)의 임원 중 회장 및 간사를 본회의 이사로 한다.

제23조 회장은 경무국장으로, 총재가 촉탁한다.
　상무간사는 경무국 보안과장으로, 간사는 적당하다고 인정되는 자를 총재가 촉탁한다.
　평의원은 다음에 거론하는 자 중에서 총재가 촉탁한다.
　　1, 본부내외(本府內外) 국장 및 부장의 직에 있는 자
　　2, 각 도지사의 직에 있는 자
　　3, 고등법원 검사장, 경성제국대학 총장, 조선군 참모장, 조선군 헌병대 사령관,
　　　진해 요항부 참모장의 직에 있는 자
　　4, 명예회원, 특별회원 중 학식경험 있는 자
　　5, 기타 적합하다고 인정되는 자

제24조 연합지부에 다음의 임원을 둔다.
　　1, 연합지부장
　　2, 연합부지부장 1명
　　3, 연합지부 간사 약간 명 (이중 1명은 상무간사로 한다)
　　4, 연합지부 평의원 약간 명
　연합지부장은 회장의 지휘감독을 받아 연합지부의 사무를 총괄한다.

연합부지부장은 연합지부장을 보좌해 연합지부장의 부재 시 직무를 대리한다.

연합지부 간사는 연합지부장의 명을 받아 연합지부의 일상 업무를 처리한다.

연합지부 평의원은 연합지부장의 자문에 응답하거나 의견을 개진한다.

제25조 연합지부장은 도지사로, 연합부지부장은 도경찰부장으로, 연합지부 상무간사는 도경찰부 고등경찰과장으로, 기타 간사 및 평의원은 적당하다고 인정되는 자를 총재가 촉탁한다.

제26조 지부에 다음의 임원을 둔다.

1, 지부장

2, 지부간사 약간 명 (이중 1명은 상무간사로 한다)

3, 지부 평의원 약간 명

지부장은 연합지부장의 지휘를 받아 지부의 사무를 처리한다.

지부간사는 지부장의 명을 받아 지부의 상무를 처리한다.

지부 평의원은 지부장의 자문에 응답하거나 의견을 개진한다.

제27조 지부장은 경찰서장으로, 지부 상무간사는 경찰서 고등주임으로, 기타 간사는 적당하다고 인정되는 자를 연합지부장이 촉탁한다.

지부평의원은 방공단(부)장 기타의 적당하다고 인정되는 자로 연합지부장이 촉탁한다.

제28조 연합지부 또는 지부에 고문을 둘 수 있다.

연합지부 또는 지부 고문은 학식경력 있는 자로써 적당하다고 인정되는 자를 각각 총재 또는 연합지부장이 촉탁한다.

제29조 임원의 임기는 2년으로 한다. 단 연임이 가능하며, 관직에 따라 총재 또는 임원(當員)인 자의 임기는 그 재직 기간으로 한다.

보결로써 취임한 자의 임기는 전임자의 남은 기간으로 한다.

제30조 임원은 명예직으로 한다.

제6장 방공단(부)

제31조 필요에 따라 지부 밑에 방공단을 조직하고 명칭은 임의로 정한다.

제32조 방공단은 단장 1명, 부단장 1명, 간사 및 단원 약간 명으로 조직한다. 단 필

요가 있을 때는 약간 명의 고문을 둘 수 있다.

제33조 단장, 부단장, 고문 및 간사는 연합지부장이 촉탁한다.
단원은 지부장이 임명, 면직한다.

제34조 단원은 지부장의 지휘를 받아 방공단의 업무를 처리한다.
부단장은 단장을 보좌해 단장 부재 시에는 직무를 대리한다.
간사는 단장의 명에 의해 단의 사무에 종사한다.

제35조 이미 설치된 교화단체, 학교 및 기타 적당하다고 인정되는 단체에는 필요에
따라 방공단에 준하는 방공부를 설치할 수 있다.

제7장 회의
제36조 간사회 및 평의원회는 회장이 소집하며, 의장을 회장으로 한다.

제37조 간사는 간사회를 조직해, 본회에서 기부행위로 정한 사항을 제외한 평의원
회로부터 위임받은 사항을 결의한다.

제38조 평의원회는 이사 및 평의원으로 조직하고 대략 다음 사항에 따라 의결한다.
1, 예산 및 결산에 관한 사항
2, 기본 재산의 처분에 관한 사항
3, 본 기부 행위의 개정에 관한 사항
4, 기타 본회의 목적 달성상 중요한 사항

제39조 연합지부 및 지부 간사회, 평의원회는 연합지부장 또는 지부장이 소집한다.

제40조 연합지부 간사회는 간사를 두며, 동평의원회는 부지부장, 간사 및 평의원으
로 조직하고 지부장을 의장으로 한다.
지부 간사회는 간사를 두고, 동평의원회는 지부간사 및 평의원으로 조직하며 지부
장을 의장으로 한다.

제41조 연합지부 및 지부 평의원은 대략 다음 사항을 의결한다.
1, 연합지부, 지부의 예결 및 결산

2, 연합지부 또는 지부의 목적 달성상 필요한 사항

제42조 간사회 및 평의원회는 간사 및 평의원 정원의 과반수가 출석하지 않았을 때는 회의를 개최할 수 없다.

간사회, 평의원회의 의사(議事)는 출석자의 과반수로 이를 결정하고, 가부(可否)동수일 경우는 의장의 결정에 따른다.

제43조 경이 또는 긴박한 사건에 대해서는 회의를 열지 않고 서면으로 대체하며, 간사 또는 평의원의 의견을 구해 3분의 2이상의 동의가 있을 때는 간사회 또는 평의원회의 의결로 대신할 수 있다.

제8장 잡칙

제44조 본 기부 행위는 평의원회에서 재적인원의 3분의 2이상의 동의를 얻어, 조선총독의 인가를 받아야 변경할 수 있다.

제45조 본회는 평의원회의 재적인원 3분의 2 이상의 동의를 얻어 해산할 수 있다.

본회를 해산하는 경우, 재산의 처분 방법은 전항의 평의원회에서 결정한다.

제46조 본 기부 행위의 실시에 관해 필요한 세칙은 총재의 승인을 얻어 회장이 정한다.

조선방공협회 기부행위 시행세칙

제1조 재단법인 조선방공협회 기부행위의 시행에 관해서는 본 세칙이 정하는 것에 의한다.

제2조 본회의 업무를 처리하기 위해 다음의 임원을 둔다.
본부
주사 1명
사무원 약간 명
연합지부

사무원 약간 명
　지부
　사무원 약간 명
　전항(前項)의 주사 및 사무원의 임명, 면직 및 급여는 각 회장, 연합지부장 및 지부장이 행한다.
　본회의 사무는 경찰 관계직원으로 촉탁할 수 있다.
　제3조 기부행위 제5조 제5호의 표창은 방공운동에 관해 공로, 업적, 발군 기타 모범이 될 만한 자로 하며 연합지부장의 추천에 의해 회장이 시행한다.
　제4조 전조(前條)에 의한 표창은 단체 표창과 개인 표창의 두 종류로 하며 공적의 경중(輕重)에 따라 각각 공로장, 표창기 및 표창장을 수여한다.
　제5조 공로장을 수여받은 자가 본회의 명예를 훼손하거나 금고이상의 형에 처해졌을 때는 이를 반환한다.
　전항(前項)의 조치를 필요로 할 때는 지부장은 연합지부장에게, 연합지부장은 회장에게, 그 사유(事由)를 상세하게 보고해야 한다.
　제6조 매년도의 세입출 및 예산은 전년도 3월중에 의결한다.
　제7조 본회의 출납은 3월 말일로써 마감한다.
　제8조 결산은 출납의 마감 후 2개월 이내에 이를 조정한다.
　제9조 본회에 세입세출 및 물품에 관한 장부를 준비해 필요 사항을 기입한다.
　제10조 연합지부 및 지부의 사업 자금 및 경비는 본회로부터 매년 배부한다.
　연합지부장이 예산의 배부를 받았을 때는 연합지부 예산을 편성해야 한다.
　제11조 연합지부장은 매년 5월 말일까지 결산을 조정해 회장에게 보고해야 한다.
　제12조 본회에 속한 재산의 득상보관(得喪保管), 금품의 대차(貸借) 및 모든 계약의 체결은 상무간사의 명의로 한다.
　제13조 본 세칙 운용상 필요한 사항은 상무간사가 시행한다.

방공협회창립 이후 협회 본부와 각 도의 연합지부 및 각 지부는 바로 각종 사업을 실시하였으며 그 개요는 다음과 같다.

(1) 사상전 전람회 개최 (조선방공협회 주최)
경성(미쓰코시 백화점) 10월 15일부터 10월 26일까지 입장인원 268,000명
청진(공회당) 11월 23일부터 11월 27일까지 입장인원 87,885명
함흥(공회당) 12월 3일부터 12월 7일까지 입장인원 181,423명
광주(상공장려관6) 12월 17일부터 12월 21일까지 입장인원 151,740명
대구(상공장려관) 1월 10일부터 1월 15일까지 입장인원 215,880명
부산(상공장려관) 1월 21일부터 1월 25일까지 입장인원 134,948명
평양(미나카이 백화점) 2월2일부터 2월6일까지 249,570명
 7곳 총 개최 일수 41일간 입장인원 1,289,446명

(2)적색 러시아를 폭로하는 전람회 개최
 주최 경성 미나카이백화점(경성일보 후원)
 기간 10월 25일부터 11월 3일까지
 입장인원 약 25만 명

---

6   상공 단체에서 설치한 기관. 전시장을 마련하여 상품을 진열하고 국산품을 널리 알리는 등 상공업
     발전을 위한 다양한 사업을 실시하였으며 지방과 중앙에 설치되었다.

함경남도 표현운동시대(1)(1920년대~1930년)

년도 \ 종별	사상단체와 단원 조사	
	단체 수	단원 수
1930년 현재	95	30699

당시의 사상단체회관과 그 내부 사진

 정평군 정평사회 단체회관

 단천군 복귀북구 사회단체 회관

 원산 노동 연합회관

 상동 내부

 상동 내부

 상동 내부(1)

 정평군 춘유사회 단체회관

 단천군 복귀중구 사회단체 회관

 상동 내부(2)

 정평군 문산사회 단체회관

 상동 내부(1)

 영흥군 순령사회 단체회관

 상동 내부

 상동 내부(2)

 상동 내부

 정평군 장원사회 단체회관

 정평군 신상소비 조합회관

 단천군 이중(利中) 사회단체 회관

함경남도 표현운동시대(2)
(1930~1931년)

년도 \ 종별	참가인원	손해액
장풍 탄광습격사건	118 명	1●●●●엔
단천군청 습격사건	2,000 명	사망 16명 부상자 14명
홍원농조원의 채권문서 강탈소각사건	597 명	채권문서 579권 금액 15,667엔

당시 사상단체원의 테러 행동

상동(5)
상동 권양기
계실

단천군
하다면

단천군청
습격사건(1)
파손된
군청사

영흥경찰서
왕균주재소
습격사건(1)파
기된
사무실

상동(2)
사무실

상동(2)
상동
사무실

상동(2)
방화된
주석 숙사

상동(3)
폐기된
공문서

상동(3)
군수실

영흥군
인흥면
사무소
습격사건
방화된
사무실

신흥군
장풍 탄광
습격사건(1)피
습당한 사무
실

상동(4)
사무실

상동(2)
파기된
공문서

상동(2)
피습당한
기계부

상동(5)
응접실

상동(3)
습격

상동(3)
상동 기계

상동(6)
습격 장소

상동(4)
상동

함경남도 잠행운동시대(1)(1930년 이후)

연대 \ 건별		검거 총인원	●국인원	●●●
1930년	80	1,158	611	300
1931년	121	949	521	354
1932년	80	1,184	553	452
1933년	56	673	298	183
1934년	43	428	198	159
1935년	26	194	90	79
1936년	22	120	120	93
1937년	18	462	135	100
1938년	10	63	24	20
계	436	5,231	2,550	1,740

공산주의자의 아지트 및 비밀연락 장소

상동(7) 이동 아지트를 발견한 밀림

정평농민 조합사건(1) 아지트로 사용한 지하실이 있는 산림

함흥 제1차 공청사건(1) 아지트로 사용한 지하실을 위장하기 위해 세워진 닭장

상동(8) 상동 천막 친 아지트

상동(2) 지하실 천장으로 이용한 자연암

상동(2) 상동 지하실입구

상동(9) 폐광을 이용한 아지트 입구

상동(3) 상동 지하실 입구

상동(3) 상동

상동(10) 비밀
출판부로
이용한
단독주택

 상동(4) 상동
지하실 벽

 상동(4)
지하실내부

 영흥농민
조합사건(1) 산
중에
세운 아지트

 상동(5) 제2아
지트 지하실
입구

 상동(5)
상동 콘크리트
제 공사비용 50
엔

 상상동(2)
상동 아지트
내부에서
발건한 식료
품 외 기

 상동 (6) 상동
내부

 상동(6)
비밀 연락
암호로 이용한
다리난간
기둥

함경남도 사상정화공작(1) (1932년 이후)

사상 악화 지대의 선도 제 시설

상동(13)
공동
식림작업

상동(7)
북두일면
장로회

단천군(1)
이케다(池田)
전경무국장의
자력 갱생운동
상황 시찰

상동(14)
진흥부인
회원의
모내기

상동(8)
곡물제작
경기회

상동(2)
위생선전

상동(15)
광천면
국기게양탑
낙성식

상동(9)
진흥회
부인부원의
염색
강습회

상동(3)
광천면
국기게양탑
낙성식

상동(16)
진흥회원의
깔개 제품

상동(10)
진흥회원의
노동봉사

상동(4)
의례준칙에
따른
결혼식

상동(17)
입직(入織) 경
기회

상동(11)
농가부업
생신품
품평회

상동(5)
수면하의
장로회

상동(18)
퇴비용
잡초 베기

상동(12)
공동목욕탕
낙성식

상동(6)
지방
진흥운동
공로자
표창식

함경남도 명랑해진 현재(1)

갱생한 농촌의 현상

 단천군의 일부

 정평군의 일부

 홍원군의 일부

 미나미(南) 총독각하 함주군 모범부락 시찰 사진

 함주평야의 일부

 정평군 농가 개량 시설

 함주군 천서면 국기 게양 탑 낙성식

 정평군 (송오리) 대표적 갱생부락

 홍원군 조기회

 영흥군 미화작업

 단천군 미화작업

함경남도 명랑해진 현재(2)

시국 관계 헌금표(경찰서 취급) 1936년 8월 현재		
종류 별	건 수	금 액
국방헌금	10,372	99,072엔 84전
위문금	835	7,891엔 06전
휼병금[7]	217	1,379엔 73전
계	11,424	108,343엔 63전

총후의 보국

북청군 국민정신총동원연맹 신창지부 발회식

상동(3) 장엄봉 사건 전몰자 위령제

정평군(1) 출정병 환송

함흥부(1) 함남해군●● 헌납식

단천군(1) 국방부인회원의 헌금운동

상동(2) 상동

상동(2) 상동

상동(2) 상동

상동(3) 상동

홍원군 국민정신총동원연맹 홍원지부 발회식

함흥부 국방부인회 발회식

상동(4) 상동

단천군 출정병 환송

단천군(1) 광천국부 발회식

함흥부(1) 국민정신 총동원연맹 함경남도연합지부 발회식

조선인 지원병 응모자

상동(2) 여해진국부의 활동

상동(2) 상동

---

7 전장의 병사들을 위로하기 위하여 쓰는 돈.

- 1939년 2월 경상북도 대구부에서 개최한 사상전 전람회 회장 내부의 상황
- 경상북도 대구부에서 개최한 사상전 전람회장 입구의 혼잡함
- 함경남도 함흥부에서 개최한 사상전 전람회 회장 입구
- 전라남도 광주에서 개최한 사상전 전람회 선전탑
- 경상북도 대구역 앞에서 개최한 사상전 전람회 선전탑
- 전라남도 광주부에서 개최한 사상전 전람회장 입구

협회에서 부분적으로 출품. 평양, 부산, 대전 각 지부에서도 개최.

(3)기관지 발행

1939년 1월 25일 『방공의 조선(防共の朝鮮)』이라는 제목의 기관지를 창간한 이래 매월 1회씩 발행하여 방공협회 회원을 비롯한 일본, 만주, 중국의 북·중 지역, 대만, 남양[8]청 그 외 각 방면의 관계자들에게 널리 배부하고 있다. 창간 당시 35,000부였던 것이 올 10월 47,000부로 발행부수를 증가시켰으며 계속해서 늘어날 추세에 있어서 올해 안에 50,000부에 달할 전망이다.

(4)팸플릿 발행

제1집 「적마소련을 폭로한다」(5천부), 제2집 「소련의 내정」(4만부)을 기관지 『방공의 조선』부록으로 발행한 후 배부하여 방공사상의 보급에 이바지하였다.

(5)방공좌담회 개최

지나사변 발발 직후인 1937년 9월부터 경찰관 주재소 주도하에 산간벽지에 이르기까지 조선 방방곳곳 빠짐없이 시국좌담회를 반복해서 개최하였다. 사변에 관한 일반사항, 특히 방공방첩과 관련된 기탄없는 질문을 민중들한테서 받고 이에 답하면서 철저한 시국인식과 방공방첩사상의 보급을 도모하고 있다.

8　말레이 군도 및 필리핀 군도 등 세계2차대전 당시 사용한 명칭.

함경북도 명청군 하가면
의 방공좌담회 모습

평안북도 관하의 방공좌
담회 모습

경상북도 영덕군 지부관
하의 방공좌담회 모습

평안북도 희천군 지부관
하의 방공좌담회 모습

(6)사상정화공작

현재까지 함경남도는 사상적 특수지역으로 항상 단속과 정화공작에 각별히 신경을 써왔다. 함경북도의 평지대인 남산군에서 일어난 전대미문의 농민조합사건[10] 검거 이후 실시한 정화공작은 과거 2년 동안 여러 기관을 동원하여 미검거자를 추가 조사하여 사건관계자 및 청소년의 사상 선도, 계몽, 민풍작흥(民風作興)에 힘써온 결과, 주목할 만한 성과를 거두었다. 또한 함경남도 혜산지방의 중국 공산당계열의 인민전선사건[11] 검거 이후, 함경남도에서 구체적인 계획을 세워 사상정화운동을 실시하고 있다. 그 주요한 항목은 다음과 같다.

ㄱ. 지도단체의 조직
ㄴ. 미죄(未罪) 석방자의 특별지도
ㄷ. 일반적인 계몽지도
ㄹ. 산업장려

(7)포스터, 전단지 배부

별지 표에서 확인할 수 있는 것처럼 방공방첩포스터, 전단지 제조, 올해 8월 15일 방공협회 창립 1주년 기념일을 계기로 실시한 방공방첩의 날과 각 지방에서 수시로 포스터를 붙이고 전단지를 살포하였다.

(8)현상모집
종목
ㄱ. 조선방공협회 회원표장 도안
ㄴ. 방공단가의 작사
ㄷ. 방공 및 방첩 포스터
ㄹ. 방공방첩표어

---

10 1930년 7월 일제의 삼림조합 가입 강요에 분노한 농민들이 대규모 시위와 함께 습격을 벌인 사건.
11 1937년에서 이듬해까지 걸쳐 발생한 항일조직사건

모집기간

1938년 10월 15일부터 1938년 11월 10일까지

응모 상황 및 당선

ㄱ. 표장도안 987개 1등 1, 2등 1, 가작 2

ㄴ. 단가 403수 1등 1, 2등 1, 가작 1

ㄷ. 포스터

　　방공 91통 1등 1, 2등 1, 가작 1

　　방첩 37통 1등 1, 2등 1, 가작 1

ㄹ. 표어

방공 3,152건 1등 1, 2등 2, 가작 3

방첩 1,733건 1등 1, 2등 1, 가작 2

방공방첩 895건 가작 1

합계 7,298건

방공마크와 조선 전역에 살포한 선전 전단지

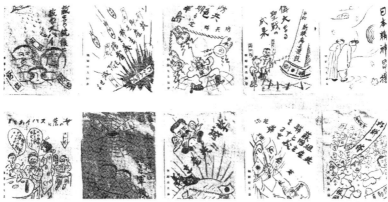

조선 전역에 배부한 포스터, 선전 전단지

당선된 표어는 다음과 같다.

〈이루자 성전, 굳히자 방공〉
〈자만하지 말자 전승, 잊지 말자 방공〉
〈총 같은 마음으로 집집마다 방공〉
〈적심(赤心)에 적화(赤化)는 없다〉
〈방공 일색으로 밝은 반도〉
〈총 같은 마음으로 방공보국〉
〈지키자 일장기, 막아내자 간첩〉
〈속지마라 소문, 말하지 마라 군기〉
〈방심한 혀끝에서 스파이는 날뛴다〉
〈무적의 적 뒤에 적이 있다 스파이〉

(9)방공협회 회원표장 제작 및 배부

회원임을 드러내기 위해서 현상모집에서 당선된 도안을 바탕으로 회원표장 14만개를 제작하여 회장 이하 모든 회원에게 배부하고 항시 패용(佩用)하도록 하였다.

(10) 방공방첩 영화 필름 구입과 순회영사

영화를 통해서 방공방첩사상을 고취시키는 것이 가장 효과적이기에 협회에서는 다음과 같이 영화필름을 구입하고 본부 문서과로부터 일본정신고양에 관한 각종 영화를 차용하여 이를 각 도의 연합지부에 대여해 강연회를 실시할 때 상영하도록 하였다.

　1. 스파이는 너다
　2. 방공십자군
　3. 빨갱이의 위협

또한 이외에 각 도 연합지부에서도 적당한 때 상당수의 필름을 구입하여 영화상영회를 개최하고 있다.

(11)방공영화의 제작

협회 후원 하에 경성국책영화사로 하여금 사상범의 전향 과정을 골자로 한 방공영화 『방공의 맹세』(전 발성 6권, 1,239미터)를 제작하여 이를 각도연합지부에 1편씩 구입하도록 하여 방공운동의 필요성을 인식시키도록 하였다.
  (12)그림연극 제작과 배부

전라남도 목포지부 관하에서 방공 그림연극을 실시하고 있는 상황

평안북도중강지부에서 방공 그림연극을 실시하고 있는 상황

전라북도 장수지부에서 방공 그림연극을 실시하고 있는 상황

1939년 8월 14일 협회 본부에서 개최한 조선방공협회 창립 1주년 기념일 당일 밤 신작의 "방공단가"를 발표(부민관에서)

[사진 오른쪽] 전라남도 연합지부 주최, 광주지부 및 인접지부 부관내 방
　　　　　공단원 종합 사열 시 여자 방공의무단원을 열단 중인 신카이^(新開)
　　　　　전라연합지부장
[사진 왼쪽] 전라남도 연합지부 주최 순천지부 외 인접 각 지부관내 방공
　　　　　단원의 종합 사열 상황

그림연극에 의한 선전 효과는 크다고 판단되어 「방공의 꽃」, 「방공보국」, 「간첩의 최후」, 「총후의 국방」 등의 그림연극을 제작하여 조선 내 각 경찰서에 1부씩 배부하였다.

(13)방공가 및 방공단가 레코드 제작

현상모집에 당첨된 다음과 같은 가사의 방공가 및 방공단가는 8월 14일에 개최한 방공의 저녁 모임 때 발표하고 이를 레코드판으로 제작하여 널리 조선 내 방공협회 회원은 물론이고 일반 민중들도 구입할 수 있도록 일본 빅터 축음기주식회사에게 레코드판의 제작을 의뢰하여 10,060장을 현재 제작 중에 있으며 올해 11월 하순까지는 완납할 계획이다.

방공가

조선방공협회

1.
천황의 위세 널리 미치는 곳
빛나는 반도
이곳 방공의 제일선
맹세하라 충성을
막아라 적마를
가자!
성은의 깃발 아래
기필코 일으키리 일본정신

2.
국경 어둡고 요운(妖雲) 솟아나는 곳
빛나는 반도
이곳 방공의 제일선
일으키자 애국심을
막아라 적마를
가자!
반석의 굳은 맹세로
기필코 부딪히리 총후의 수비

3.
대륙 바로 이어지는 곳
빛나는 반도
이곳 방공의 제일선
성취하라 성전을
막아라 적마를
가자!
건국의 이상에 불타
기필코 쌓으리 정의의 성채

방공 단가

조선방공협회

1.
아아! 대륙에서 성전의
황군 검을 휘두를 때
엄연하게 조국을 지키고자
이곳 반도에 방공의 준비
흔들리지 않은 성채가 있노라
늠름하다 우리 방공단

2.
바른 사상을 이어받아서
희망과 사랑의 불빛 비추어
무궁함을 구가하는 정의의 진
인류지상의 행복을
영구히 지킬 책무가 있다
의젓하다 우리 방공단

3.
영원의 평화이상향
목표는 동아의 신질서
이루자 빛나는 대 사명
내선일체 동포들의
굳은 맹세도 함께 하는
찬란하다 우리 방공단

(14) 방공방첩의 날 실시

1938년 11월 10일 국민정신 작흥에 관한 청서 환발 기념일과 올해 8월 15일 조선 방공협회 창립 1주년 기념일을 정하여 조선 전역에 일제히 방공방첩의 날을 실시하였으며 이 날에 실시한 여러 행사의 상황은 별표와 같다.

(15) 방공협회 창립 1주년 기념식 거행

방공협회 창립 1주년 기념일인 올해 8월 15일에는 협회 본부를 비롯해서 조선 각도의 연합지부, 각 지부 및 각 방공단 소재지의 신궁(神宮), 신사(神社), 신사(神祠) 신전에서 엄숙한 기념식을 거행하였다.

(16) 방공의 밤 개최

협회 본부에서는 올해 8월 14일 오후 7시부터 경성부민관에서 방공의 밤을 개최하여 회장의 인사, 기다(喜多) 참모의 방첩에 관한 강연 외, 방공만담, 방공영화의 상영을 하여 참석자들에게 많은 감명을 주었다.

(17) 아메쓰치노 모토하시라(天地之基柱)12) 기증

기원 2,600년 기념사업으로서 미야자키현 봉축회(宮崎·奉祝會)에서 계획한 아메쓰치노 모토하시라 건립 재료의 일부에 협회 본부 및 각도의 연합지부 모두 절석 하나씩의 석재를 기증하였다.

---

12 1940년 진무(神武) 천황 직위 기원 2600년을 기념하기 위하여 세운 팔굉일우(八紘一宇)의 정신을 체현한 탑.

충청남도 대전지부의 1주년 기념식 모습

경상남도 진해신사 앞에서 거행한 1주년 기념식 상황

평안북도 중강지부의 1주년 기념식에서 지부장의 강연 모습

경기도 평택지부의 기념식

1939년 8월 14일 협회 본부 주최의 조선방공협회 창립 1주년 기념일 당
일 밤 경성부민관에서 미쓰하시(三橋)회장의 인사

방공방첩의 날 당일 경성부내 각 방공단원의 가두행진(본부 정문 앞)

경상남도 밀양지부의 방공방첩의 날 당일의 가두행진

전라북도 부안지부의 방공방첩의 날 당일 가두행진
함경남도 함흥지부의 방공방첩의 날 당일 강두행진
함경남도 고원지부의 방공방첩의 날 당일의 가두행진
황해도 송화지부의 방공방첩의 날 당일 가두행진
방공의 날에 참가한 백인 러시아인
방공의 날 당일 시내 행진에 참가한 지붕이 있는 수레

(18)내지 시찰단의 편성

일본정신의 함양을 도모하기 위해서 이세(伊勢)황태신궁과 그 외 신궁신사에 참배하는 것이 가장 효과적이라고 사료되어 사상전향자 방공단원으로 내지 사찰단을 편성하여 신궁에 참배하도록 하고 그 외 선진도시, 농촌의 상황 등을 사찰하도록 하였다. 그 효과가 매우 큰 것으로 확인되어 이 계획은 장래에도 계속 실시될 예정이다.

(19) 그 외

각 도 연합지부, 각 지부에서는 협회 본부의 계획이외에도 각 지역의 사정에 맞추어 가장 적합한 계획을 수립하고 방공방첩사상의 고취 및 일본사상의 함양할 수 있도록 노력하고 있다. 그 주된 행사는 강연회, 아마추어 연극, 선전탑의 건설, 단원의 근로봉사작업 등이며 이들의 실시상황은 별표와 같다.

충청남도 대전지부의 선전탑(우)
강원도 삼척방공단의 선전탑(좌)
전라북도 전주지부 주최의 방공 창문

(별지 1) 방공 · 방첩의 날 실시 현황 표 (1938년 11월 10일)

도 이름	강연회		좌담회		종이 인형극		가두행진 참가인원 참가인원	전단지 배부수
	횟수	집합인원	횟수	집합인원	횟수	집합인원		
경 기 도	23	33,330	17	5,043	—	—	12,000	85,000
충청북도	9	6,522	9	1,402	9	3,880	14,783	10,800
충청남도	298	37,956	428	39,765	150	10,055	36,152	35,400
전라북도	291	67,338	213	20,001	7	1,661	25,314	15,130
전라남도	122	28,101	195	13,584	5	1,210	17,473	42,400
경상북도	74	18,204	128	19,196	3	1,020	2,770	33,400
경상남도	29	6,989	35	3,779			5,569	26,800
황 해 도	19	4,853	28	1,223	16	2,650	18,327	19,100
평안남도	32	10,239	45	2,716	2	230	2,014	9,250
평안북도	71	25,350	58	6,330			21,028	62,353
강 원 도	158	57,278	169	8,399	31	7,828	33,214	42,615
함경남도	146	44,324	94	10,668	34	8,472	23,012	23,090
함경북도	127	21,809	217	25,009	17	1,628	8,604	21,557
합 계	1,399	362,293	1,638	157,115	274	38,634	220,260	426,895

(별지 2) 방공, 방첩의 날 실시 현황표(1) 1939년 8월 15일

도 명	기념식상황		근로봉사작업		강연회		좌담회	
	거행장소의수	참가인원	횟수	참가인원	횟수	집합인원	횟수	집합인원
경 기 도	183	50,961	79	14,324	114	28,058	116	18,090
충청북도	30	13,054	12	1,657	22	4,784	78	7,101
충청남도	110	33,387	204	25,530	259	49,761	408	30,608
전라북도	84	42,603	49	11,745	69	45,034	813	78,333
전라남도	22	93,993	295	10,709	299	58,338	509	37,863
경상북도	134	22,599	101	7,052	337	26,437		
경상남도	25	14,986	25	10,619	31	12,019	144	12,784
황 해 도	39	24,521			25	26,268	25	3,303
평안북도	25	24,318	25	8,860	44	15,924	33	4,907
평안남도	13	30,039	76	9,135	26	14,115	270	16,824
강 원 도	175	60,162	150	23,460	71	31,146	222	20,340
함경남도	69	31,670	62	8,183	66	22,851	316	26,424
함경북도	74	22,298	75	9,327	143	33,282	249	38,091
합 계	1,082	464,581	1,153	140,601	1,506	368,017	3,183	294,668

방공, 방첩의 날 실시 현황표(2) 1939년 8월 15일

도 명	종이 인형극		영화연극		가두행진		전단지 배부수	포스터 배부수	좌익 출판물 소각수
	횟수	집합인원	횟수	집합인원	거리 수	참가인원			
경 기 도	29	4,565	19	16,227	183	50,961	67,600	3,080	
충청북도	18	2,570	23	23,800	30	13,054	27,600	2,960	
충청남도	163	18,800			110	33,380	63,380	3,000	23
전라북도	206	25,227	41	14,805	15	70,660	60,478	11,183	151
전라남도	198	20,749	18	19,137	289	90,309	88,096	6,792	43
경상북도	96	8,850	5	9,600	43	12,572	31,810	3,260	5
경상남도	113	11,150	9	6,930	25	14,986	35,300	3,160	
황 해 도			20	31,050	18	19,240	26,000	3,000	
평안북도	27	6,530	12	9,970	25	16,780	27,600	3,130	154
평안남도	106	8,435	14	13,178	20	13,051	99,380	2,620	46
강 원 도	188	21,030	38	29,443	115	45,416	66,350	3,158	32
함경남도			70	39,101	62	35,663	27,600	3,080	
함경북도			4	4,500	20	15,237	37,500	3,080	
합 계	1,144	127,903	273	217,741	955	431,109	658,694	51,493	454

(1) 방공, 방첩, 좌담회 실시 현황표(1939년 9월 말 현재)

도 명	실시횟수			집합인원			합계	
	방공	방첩	계	방공	방첩	계	횟수	집합인원
경 기 도	2,098	1,587	3,685	196,675	151,176	347,851	3,685	347,851
충청북도	898	—	898	58,173	—	58,173	898	58,173
충청남도	1,333	538	1,871	91,165	38,826	129,991	1,871	129,991
전라북도	—	—	9,792	—	—	515,652	9,792	515,652
전라남도	2,600	2,178	4,778	102,199	99,548	201,747	4,778	201,747
경상북도	2,781	1,634	4,415	154,338	81,647	235,985	4,415	235,985
경상남도	1,201	648	1,840	76,025	28,083	104,108	1,840	104,108
황 해 도	1,328	556	1,911	68,405	16,024	83,142	1,911	83,142
평안북도	1,740	1,552	3,292	100,595	88,802	189,396	3,292	189,396
평안남도	3,065	2,900	5,965	111,466	102,596	214,062	5,965	214,062
강 원 도	2,474	2,278	4,752	93,881	76,981	170,862	4,752	170,862
함경남도	4,221	2,571	6,782	710,023	500,311	1,210,334	6,782	1,210,334
함경북도	4,783	3,332	8,115	205,507	161,609	367,116	8,115	367,116
합 계	28,522	19,774	58,095	1,868,451	1,345,602	4,328,914	58,096	3,828,419

(2)방공, 방첩 강연회 실시 상황표(1939년 9월 말 현재)

도 명	개최횟수			청강인원			합계	
	방공	방첩	계	방공	방첩	계	횟수	집합인원
경 기 도	519	430	949	103,352	69,485	172,837	949	172,837
충청북도	82	9	91	20,686	5,450	26,136	91	26,136
충청남도	846	489	1,314	91,510	33,333	147,923	1,335	147,923
전라북도	—	—	1,731	—	—	313,144	1,731	313,144
전라남도	1,430	1,110	2,540	99,848	71,450	171,298	2,540	171,298
경상북도	364	296	663	38,870	22,947	61,817	662	61,817
경상남도	237	67	304	31,119	8,219	39,338	204	39,338
황 해 도	230	71	301	60,052	18,699	78,751	301	78,752
평안북도	301	218	519	119,733	103,190	222,923	519	222,923
평안남도	117	105	222	26,514	21,352	47,866	222	47,866
강 원 도	690	631	1,321	88,437	75,425	163,862	1,321	163,862
함경남도	846	685	1,531	109,948	85,632	195,580	1,531	195,580
함경북도	615	523	1,138	82,959	64,462	147,421	1,138	147,421
합 계	6,277	4,634	12,624	873,028	569,644	1,688,896	12,544	1,688,897

(3)영화 연극 개최 상황표(1939년 9월말 현재)

도 명	개최횟수						집합인원		
	영화			연극			영화		
	방공	방첩	계		방첩	계	방공	방첩	계
경 기 도	31	11	42	43	5	48	29,540	11,855	41,895
충청북도	2	—	2	27	—	27	856	—	856
충청남도	4	16	20	4	5	9	1,860	28,750	30,430
전라북도	—	—	38	—	—	36	—	—	50,024
전라남도	92	55	147	38	32	70	22,792	16,277	39,069
경상북도	6	3	9	13	—	13	4,915	1,835	6,750
경상남도	8	22	30	3	7	10	5,625	20,506	26,122
황해도	10	2	12	33	45	75	14,082	3,650	17,733
평안북도	10	8	18	23	18	41	12,670	6,830	19,500
평안남도	21	21	42	7	1	8	35,412	34,756	70,168
강 원 도	87	84	171	88	88	176	77,106	63,674	140,780
함경남도	129	126	255	31	31	62	153,414	153,064	306,418
함경북도	51	32	83	34	22	56	39,375	25,412	64,787
합 계	451	380	869	344	254	631	396,747	366,609	814,632

(3)영화 연극 개최 상황표(1939년 9월말 현재)

도 명	집합인원			합계			
	연극			영화		영화	
	방공	방첩	계	횟수	인원	횟수	인원
경 기 도	29,628	7,215	36,843	42	41,895	48	36,843
충청북도	48,070	—	48,070	2	856	27	48,070
충청남도	6,595	6,554	13,149	20	30,430	9	13,149
전라북도	—	—	63,125	38	50,024	36	63,125
전라남도	38,110	18,850	56,960	147	39,069	70	56,960
경상북도	13,850	—	13,850	9	6,750	13	13,850
경상남도	2,310	5,690	8,000	30	26,123	10	8,000
황 해 도	3,613	32,518	64,131	12	17,733	15	64,131
평안북도	12,133	10,259	22,392	18	19,500	41	22,392
평안남도	4,800	1,000	5,800	42	70,168	8	5,800
강 원 도	56,680	50,575	107,255	171	140,780	176	107,255
함경남도	32,393	32,393	64,786	255	306,418	62	64,786
함경북도	18,867	10,737	29,604	83	64,787	56	29,604
합 계	267,049	175,791	533,963	869	814,533	631	533,965

(4)포스터 및 선전전단지의 배포 상황표(1939년 9월말 현재)

도 명	포스터배포 수			선전 전단지 배포 수			합계	
	방공	방첩	계	방공	방첩	계	포스터	선전전단지
경 기 도	37,915	11,778	49,693	224,411	74,598	299,009	49,693	299,009
충청북도	4,682	2,597	7,279	33,389	20,700	54,089	7,279	54,079
충청남도	2,468	1,827	4,295	44,703	28,105	72,818	4,295	72,818
전라북도	15,659	14,212	29,871	68,642	66,346	134,988	29,871	134,988
전라남도	6,082	5,107	11,189	139,126	100,323	239,449	11,189	239,449
경상북도	6,150	6,271	12,421	80,837	70,985	151,822	12,421	151,822
경상남도	7,750	6,580	14,330	107,203	71,254	718,457	14,330	178,457
황 해 도	17,256	2,964	20,220	410,721	57,712	467,433	20,220	467,433
평안북도	3,417	3,097	6,514	69,311	57,208	126,519	6,514	126,519
평안남도	5,320	4,680	10,000	56,250	50,870	107,120	10,000	107,120
강 원 도	15,219	16,793	32,012	80,919	68,338	147,257	32,012	149,257
함경남도	7,347	5,931	13,078	67,541	57,060	34,601	13,078	124,601
함경북도	22,127	22,531	44,658	682,296	66,388	134,684	44,658	134,684
합 계	151,392	104,368	255,460	2,065,349	789,887	2,688,246	255,580	2,240,236

(5) 방공단의 근로봉사 작업표 (1939년 9월말 현재)

도 명	방공단(부)수	근로봉사 출역단(부)수	근역횟수	출역인원	비고
경 기 도	307	231	372	51,016	
충청북도	36	28	32	1,237	
충청남도	25	51	75	16,092	합계가 일치하지 않는 것은 명향회면지부에서 출역한 것을 계상하였기 때문임
전라북도	69	61	83	16,597	
전라남도	331	312	4,088	98,912	
경상북도	86	75	171	10,120	
경상남도	119	144	151	1,716	
황 해 도	86	62	108	3,638	
평안북도	102	103	281	31,831	
평안남도	336	85	173	16,350	
강 원 도	147	181	401	23,527	
함경남도	531	484	2,117	101,545	
함경북도	731	6559	3,764	194,489	
합 계	2,906	2,476	11,816	567,060	

(6) 방공방첩 종이극 실시 상황표(1939년 9월말 현재)

도 명	실시횟수			집합인원			합계	
	방공	방첩	계	방공	방첩	계	횟수	인원
경 기 도	2,009	1,094	3,103	193,385	98,880	292,265	3,103	292,265
충청북도	514	79	593	23,064	12,710	35,774	593	35,774
충청남도	600	578	1,185	43,377	38,418	82,695	1,185	82,695
전라북도	1,486	1,113	2,599	97,097	175,345	2,595	2,595	175,345
전라남도	942	1,024	1,966	531,393	59,764	111,157	1,966	111,157
경상북도	504	329	833	41,228	22,961	64,189	833	64,189
경상남도	1,021	744	1,765	90,218	53,342	143,560	1,765	143,560
황 해 도	732	2,104	2,826	33,898	94,761	128,659	2,826	128,659
평안북도	1,238	1,327	2,565	82,043	96,640	178,708	2,565	178,708
평안남도	464	459	923	27,529	23,224	50,753	923	50,753
강 원 도	2,457	2,564	5,021	121,363	116,446	238,809	5,021	238,809
함경남도	1,560	1,136	2,696	139,369	168,310	307,679	2,696	307,679
함경북도	1,077	1,119	2,196	40,066	44,464	84,530	2,196	84,530
합 계	14,604	13,670	28,270	1,465,030	908,168	1,894,123	28,266	1,894,123

제2부

군용자원비밀 보호법 및 국방보호법 번역문

군용자원비밀보호법(1939년 법률 제25호)
1939년 3월 25일 공포, 동 6월 26일 시행
1945년 칙령 제568호: 1945년 10월 13일 폐지

제1조 본 법은 국방목적의 달성을 위해 군용으로 제공하는 (군용으로 제공해야 할 경우를 포함한다. 이하 같음) 인적 물적 자원에 관해 외국에 은닉할 것을 요하는 사항의 누설을 방지하는 것을 목적으로 한다.

제2조 육군대신 또는 해군대신(관청의 관리에 속한 것과 관련될 때는 칙령이 정하는 바에 의한 주무대신)은 다음과 같은 것에 대해 명령으로서 군용자원 비밀을 지정한다. 다만 공시가 부적당하다고 판단되는 것에 관한 지정은 해당 사항 또는 도서물건의 관리자 또는 이에 준하는 자에 대한 통지로서 이를 시행한다.

1. 전국(관동주[13] 및 남양군도를 포함함. 이하 같음) 또는 한 지방에서 군용으로 제공할 중요한 물자의 생산액, 생산능력, 생산능력 판정 자료가 되는 설비의 종류별 숫자(이를 판정할 수 있는 비율을 포함한다. 이하 같음) 및 정부가 결정한 생산계획 및 이를 표시한 도서물건.

2. 병기를 생산하는 공장 사업장 또는 이에 전용할 수 있는 공장 사업장의 해당 병기의 생산액, 생산능력 및 생산능력 판정 자료가 되는 중요 설비의 종류별 숫자 및 그 시설에 종사하는 인원의 총수(이것을 판정할 수 있는 비율을 포함함. 이하 같음) 또는 종류별 숫자 및 이를 표시한 도서물건.

3. 병기 이외의 군용으로 제공할 중요한 물자를 생산하는 공장 사업장 또는 이에 전용할 수 있는 공장 사업장의 해당 물자의 생산액, 생산능력 및 생산능력 판정 자료가 되는 중요 설비의 종류별 숫자 및 그 시설에 종사하는 인원의 총수 또는 종류별 숫자 및 정부가 결정한 생산계획 및 이를 표시한 도서물건.

---

13 러일전쟁에서 승리한 일본이 1905년 러시아와 맺은 포츠머스조약에서 러시아의 조차지(租借地) 인 라오둥반도(遼東半島)를 인수하여 관동주(關東州)를 만들고 관동도독부를 두었다.

4. 전국 또는 한 지방에 있어서 군용으로 제공할 중요한 물자의 저장량 및 저장설비의 저장능력, 이것들의 판정 자료가 되는 중요 저장설비의 해당 물자에 대한 저장량 및 저장 능력, 정부가 결정한 해당 물자의 저장계획 및 이를 표시한 도서물건.

5. 정부가 저장하고 있는 군용으로 제공할 중요 물자의 저장량, 정부가 해당 물자를 저장하고 있는 저장설비의 저장능력, 정부가 결정한 해당 물자의 저장명령 등에 관련한 저장계획 및 이를 표시한 도서물건.

6. 전국 혹은 한 지방 또는 중요한 항만에 있어서 군용으로 제공할 중요 물자의 수입액 및 정부가 결정한 수입계획 및 이를 표시한 도서물건.

7. 전국 또는 한 지방에 있어서 군용으로 제공할 특수기능자와 중요한 인적 자원의 총수 또는 종류별 숫자 및 이를 표시한 도서물건.

8. 전국 또는 한 지방에 있어서 군용으로 제공할 항공기, 자동차 또는 말의 총수 또는 종류별 숫자 및 이를 표시한 도서물건.

9. 군용으로 제공할 중요한 철도의 수송능력 및 수송능력 판정 자료가 되는 수송통계, 이를 표시한 도서물건 및 군용으로 제공할 중요한 철도의 시설 또는 차량에 관한 중요한 기록도표 및 그 내용.

10. 군용으로 제공할 중요한 비행장 또는 그 부속설비에 관한 중요한 기록도표 및 그 내용.

11. 군용으로 제공할 선박에 있어서 특수 설비에 관한 중요한 기록도표 및 그 내용.

12. 군용으로 제공할 중요한 통신연락계통 및 그 통신능력, 이를 표시한 도서물건 및 군용으로 제공할 통신설비 또는 그 설비의 통신능력 혹은 연락계통에 관한 중요한 기록도표 및 그 내용.

13. 육군대신 혹은 해군대신의 명령, 혹은 위촉에 의한 중요한 시험연구 또는 군사상의 은닉을 요하는 발명 고안에 관한 사항 및 도서물건.

14. 군사상 은닉을 요하는 기상에 관한 중요한 사항 및 도서물건.

15. 특히 은닉의 조치를 요하는 제2호, 제5호, 제9호, 제12호에 규정하는 설비, 제13호의 시험연구에 관한 설비 및 이들의 기구 및 성능 그리고 이를 표시한 도서물건.

제3조   군용자원 비밀로서 은닉할 필요가 없어진 것에 대해서는 그 지정을 해제한
　　　　 다.
　2.   전조의 규정은 전항의 규정에 의해 해제할 경우 이를 준용한다.
　3.   군용자원 비밀에 관해 정부가 공표할 것이 있을 때에는 칙령이 정하는 바에
　　　　 의해 그 내용 부분에 한해 그 지정을 해제할 수 있는 것으로 간주한다.

제4조   육군대신 또는 해군대신은 칙령이 정하는 바에 의해 군용자원 비밀에 속하
　　　　 는 도서물건에 일정한 표기를 부여할 수 있다.

제5조   육군대신 또는 해군대신은 제2조 제15호에 해당하는 군용자원 비밀에 속하
　　　　 는 설비를 은닉할 필요가 있을 때에는 그 관리자 또는 이에 준하는 자에 대해
　　　　 해당 설비의 차단 은폐 또는 그 외 이를 은닉하는데 필요한 조치를 명령할 수
　　　　 있다.

제6조   육군대신 또는 해군대신(관청의 관리 하에 있는 것에 대해서는 칙령이 정하
　　　　 는 바에 의해 주무대신)은 제2조 제15호에 해당하는 군용자원 비밀에 속하는
　　　　 설비를 은닉할 필요가 있을 때에는 명령을 통해 출입 또는 측량, 촬영, 모사,
　　　　 모조, 녹취, 복사, 복제를 금지하고 또는 제한할 수 있다.

제7조   정부는 군용자원 비밀을 은닉하기 위하여 특히 필요가 있을 때에는 칙령이
　　　　 정하는 바에 의해 군용자원 비밀을 기재한 등기부의 열람, 또는 등본, 초본의
　　　　 교부를 제한할 수 있다.

제8조   정부는 제2조 제2호 또는 제15호에 해당하는 군용자원 비밀을 은닉하기 위
　　　　 해 특별히 필요가 있을 때에는 칙령이 정하는 바에 의해 법령에 근거하여 출
　　　　 원, 신청, 보고, 신고 등을 하고 출입, 검사, 질문 등을 받는 경우에는 군용자
　　　　 원 비밀의 개시 또는 교부를 금지하고 제한할 수 있다.

제9조   육군대신 또는 해군대신은 제5조의 규정의 의해 명령에 관련된 사항에 관해

해당설비의 관리자 또는 이에 준하는 자에 대해 보고를 명령하고 또는 해당 관리로 하여금 필요한 장소에 들어가 검사를 하고 혹은 관계자에게 질문을 할 수 있다.

제10조 정부는 칙령이 정한 바에 의해 제5조의 규정에 따른 명령으로 인해 생긴 손실을 보상한다.

2. 전항의 규정에 의한 보상금액에 대해 불복하는 자는 그 보상금액의 통지를 받은 날로부터 3일 이내에 통상재판소(通常裁判所)에 소송을 할 수 있다.

제11조 외국 혹은 외국을 위해 행동하는 자에게 누설하거나 공개할 목적으로 군용자원 비밀을 탐지(探知)하거나 수집하는 자는 10년 이하의 징역에 처한다.

제12조 업무로 인해 군용자원 비밀을 취득하거나 영유하는 자는 이를 외국 또는 외국을 위해 행동하는 자에게 누설하거나 공개할 때에는 1년 이상의 유기징역에 처한다.

2. 외국 또는 외국을 위해 행동하는 자에게 누설하거나 공개할 목적으로 군용자원 비밀을 탐지하거나 수집하는 자가 이를 외국 또는 외국을 위해 행동하는 자에게 누설하거나 공개할 때에는 역시 전항과 같다.

3. 전 2항에 규정하는 원인과 이유 이외의 원인과 이유로 인해 군용자원 비밀을 취득하거나 또는 영유한 자가 이를 외국 또는 외국을 위해 행동하는 자에게 누설하거나 또는 공개할 때에는 10년 이하의 징역에 처한다.

제13조 업무로 인해 군용자원 비밀을 취득하거나 또는 영유한 자가 이를 외국인에게 누설할 때에는 2년 이하의 징역 또는 2천 엔 이하의 벌금에 처한다.

2. 전항에 규정하는 원인과 이유 이외의 원인과 이유로 인해 군용자원 비밀을 취득하거나 영유한 자가 이를 외국 또는 외국을 위해 행동하는 자에게 누설할 때에는 1년 이상의 징역 또는 천 엔 이하의 벌금에 처한다.

제14조 제2조 제2호, 제15호에 해당하는 군용자원 비밀을 취득하거나 영유한 자가 이를 타인에게 누설할 때에는 6개월 이하의 징역 또는 5백 엔 이하의 벌금에

처한다.

제15조　군용자원 비밀을 외국 또는 외국을 위해 행동하는 자에게 누설하기 위해 이를 탐지하고 수집하거나 누설하는 것을 목적으로 단체를 조직한 자, 또는 그 단체의 지도자로서 임무에 종사한 자는 5년 이하의 징역에 처한다.
　2.　사정을 알고 전항의 단체에 가입한 자는 2년 이하의 징역에 처한다.

제16조　제6조에서 규정한 금지 또는 제한을 위반한 자는 6개월 이하의 징역 또는 5백 엔 이하의 벌금에 처한다.

제17조　제5조의 규정에 의한 명령을 위반한 자는 3천 엔 이하의 벌금에 처한다.

제18조　제7조에서 규정한 제한을 위반한 자 및 제9조에서 규정한 출입 혹은 검사를 거부, 방해, 기피한 자, 질문에 대답을 하지 않거나 허위 진술을 한 자는 5백 엔 이하의 벌금에 처한다.
　2.　제9조의 규정에 의한 보고를 하지 않거나 허위 보고를 한 자 역시 전항과 같다.

제19조　제11조 및 제12조의 미수죄는 이를 벌한다.

제20조　제11조, 제15조 또는 전조의 죄를 범한 자가 관청에 발각되기 전에 자수할 경우, 형을 감형하거나 면제한다.

제21조　제5조의 규정에 의한 은닉 조치를 명령받은 자는 그 대리인, 호주, 가족, 동거자, 고용원 기타 종업원이 그 업무에 관해 제17조 또는 제18조 제2항의 행위를 위반할 경우, 본인의 지휘에서 비롯된 것이 아니라하더라도 그 처벌을 면할 수가 없다.

제22조　제17조 및 제18조 제2항의 벌칙은 그 자가 법인일 경우에는 이사, 대표, 법인의 업무를 집행하는 임원에게, 미성년자 또는 금치산자일 경우에는 법정대

리인에게 이를 적용한다. 다만 영업에 관해 성년자와 동일한 능력을 가진 미성년자에게는 차한이 아니다.

제23조 본 법의 벌칙은 누구를 막론하고 본 법률 시행 지역 이외에 있어서 죄를 범한 자에게도 역시 이를 준용한다.

제24조 군용자원 비밀은 칙령이 정하는 바에 따라 정부의 허가를 받았을 때에는 이를 타인에게 개시, 교부, 공개하는 것을 방해하지 않다.

제25조 군용자원 비밀로서 관청의 관리에 속하는 것에 관한 표기 및 은닉 조치에 관해서는 칙령이 정하는 바에 의한다.

제26조 조선, 대만 또는 사할린에 있어서는 본 법률에 규정하는 주무대신의 직권은 칙령이 정하는 관청이 이를 행한다.

부칙
본 법률의 시행 기일은 칙령으로서 이를 정한다.

국방보안법(1941년 법률 제49호), 1941년 3월 7일 공포, 동 5월 10일 시행
국방보안법 폐지 등에 관한 건(1945년 칙령 제568호) 1945년 10월 13일 폐지

제1장 죄

제1조 본 법에 있어서 국가기밀이란 국방상 외국에 대해 은닉할 것을 요하는 외교, 재정, 경제 기타에 관한 중요한 국무에 관계되는 사항으로서 다음의 각호의 하나에 해당하는 것 및 이를 표시한 도서물건을 말한다.

1. 어전회의(御前會議), 추밀원회의, 각의 또는 이에 준하는 회의에 대한 사항 및 그 회의 의사
2. 제국의회의 비밀회의에 대한 사항 및 그 회의 의사
3. 전 2호의 회의에 대비하여 준비한 사항 및 기타 행정각부의 중요한 기밀사항

제2조 본 장의 벌칙은 누구를 막론하고 본 법 시행지역 이외에 있어서 죄를 범한 자에 대해서도 역시 이를 적용한다.

제3조 업무로 인해 국가기밀을 취득하거나 영유한 자는 이를 외국(외국을 위해 행동하는 자 및 외국인을 포함한다. 이하 같음)에게 누설하거나 공개할 때에는 사형 또는 무기 혹은 3년 이상의 징역에 처한다.

제4조 외국에 누설하거나 공개할 목적으로 국가기밀을 탐지하거나 수집하는 자는 1년 이상의 징역에 처한다.
2. 전항의 목적을 가지고 국가기밀을 탐지하거나 수집한 자가 이를 외국에 누설하거나 공개할 때에는 사형 또는 무기 혹은 3년 이상의 징역에 처한다.

제5조 전 2조에 규정하는 원인과 이유 이외의 원인과 이유로 인해 국가기밀을 취득하거나 영유한 자가 이를 외국에 누설하거나 또는 공개할 때에는 무기 또는

1년 이상의 징역에 처한다.

제6조   업무로 인해 국가기밀을 취득하거나 영유한 자가 이를 타인에게 누설할 때
       에는 5년 이하의 징역 또는 5천엔 이하의 벌금에 처한다.

제7조   업무로 인해 국가기밀을 취득하거나 영유한 자가 과실로 인해 이를 외국에
       누설하거나 공개할 때에는 3년 이하의 금고 또는 3천 엔 이하의 벌금에 처한
       다.

제8조   국방상의 이익을 해칠 수 있는 용도에 제공할 목적을 갖고 또는 그 용도에 제
       공할 우려가 있는 것을 알고서 외국에 통보할 목적을 갖고 외교, 재정, 경제
       기타에 관한 정보를 탐지하거나 수집하는 자는 10년 이하의 징역에 처한다.

제9조   외국과 통모하거나 외국에게 이익을 부여할 목적을 갖고 치안을 방해할 수
       있는 사항을 유포한 자는 무기 또는 1년 이상의 징역에 처한다.

제10조 외국과 통모하거나 외국에게 이익을 부여할 목적을 갖고 금융계의 교란, 중
       요물자의 생산 또는 배급의 저해, 기타의 방법에 의해 국민경제의 운행을
       현저하게 저해할 우려가 있는 행위를 한 자는 무기 또는 1년 이상의 징역에
       처한다.
   2. 전항의 죄를 범한 자에게는 정상을 참작하여 10만엔 이하의 벌금을 병과할 수
       있다.

제11조   제3조 내지 제5조, 제8조, 제9조 및 전조 제1항의 미수죄는 이를 벌한다.

제12조   제3조 내지 제9조, 제10조 제1항의 죄를 범하는 것을 교사한 자는 피교사자
       가 그 실행을 하기에 이르지 못하였을 때에는 10년 이하의 징역에 처한다.
   2. 제3조 내지 제5조, 제9조, 제10조 제1항의 죄를 범하기 위해 타인을 유혹하거
       나 선동하는 자의 벌은 역시 전항과 같음

3. 제8조의 죄를 범하는 것을 교사한 자는 피교사자가 그 실행을 하기에 이르지 못했을 때에는 3년 이하의 징역에 처한다.

4. 제8조의 죄를 범하기 위해 타인을 유혹하거나 선동한 자의 벌은 역시 전항과 같다.

제13조 제3조 내지 제5조, 제9조, 제10조 제1항의 죄를 범하는 것을 목적으로 그 예비 또는 음모를 행한 자는 5년 이하의 징역에 처한다.

2. 제8의 죄를 범하는 것을 목적으로 그 예비 또는 음모를 행한 자는 2년 이하의 징역에 처한다.

제14조 제4조 제1항, 제8조, 제11조 내지 전조의 죄를 범한 자가 아직 관청에 발각되기 전에 자수한 경우에는 그 형을 경감하거나 면제한다.

제15조 본 장에서 규정하는 범죄행위를 조성하는 물건, 기타 범죄행위에 가담하거나 가담하려는 물건, 그 범죄행위로부터 생기거나 이로 인해 얻은 물건은 그 물건이 범인 이외의 자에게 속하지 않을 때에 한정하여 이를 몰수하는 경우를 제외하는 것 외에 누구의 소유를 막론하고 검사는 이를 몰수 할 수 있다.

2. 전항의 범죄행위의 보수로서 취득한 물건 및 동항에서 들고 있는 물건의 대가로서 취득한 물건은 그 물건이 범인 이외의 자에게 속하지 않을 때에 한정하여 이를 몰수한다. 그 전부 혹은 일부를 몰수할 수 없을 경우에는 그 가격을 추징한다.

제2장 형사수속

제16조 본 장의 규정은 다음에 들고 있는 죄에 관한 사건에 대해 이를 적용한다.

1. 제3조 내지 제13조의 죄

2. 군기보호법 제2조, 제7조 및 이것들에 관한 제15조, 제17조, 군용자원 비밀보호법 제11조, 제15조, 제19조, 형법 제2편 제3장, 육군형법 제27조, 제29조 및

이것들과 관련된 제31조, 제32조, 제34조, 해군형법 제22조, 제24조 및 이것들과 관련된 제26조, 제27조, 제29조 및 국가총동원법 제44조의 죄

2. 본 장의 규정은 외국과 통모하거나 외국에 이익을 부여할 목적을 갖고 범한 다음에 들고 있는 죄에 관한 사건에 대해 역시 이를 적용한다.
군기보호법(전항 제2호에 열거한 죄를 제외한다), 군용자원 비밀보호법(전항 제2호에 열거한 죄를 제외한다), 요새지대법, 육군수송항역군사단속법, 1890년 법률 제83호(군항요항규칙위법자 처분의 건), 군용전기통신법, 국경단속법, 형법 제2편 제1장, 제2장, 제4장, 제8장, 제11장, 제15장, 제18장, 제26장, 제27장, 제40장, 조선형사령 제3조, 육군형법 제2편 제1장(전항 제2호에 열거한 죄를 제외한다), 제8장, 제99조, 해군형법 제2편 제1장(전항 제2호에 열거한 죄를 제외한다), 제8장, 제100조, 치안유지법, 1926년 법률 제60호(폭력행위 등 처벌에 관한 법률), 폭발물 단속벌칙, 비도(비적)형벌령(1898년 율령 제24호), 불온문서임시단속법, 통화 및 증권모조단속법, 통화 및 증권모조단속규칙(1903년 율령 제14호), 1905년 법률 제66호(외국에서 유통되는 화폐 지폐 은행권 증권 위조변경 및 모조에 관한 법률), 치안경찰법, 1919년 제령 제7호(정치에 관한 범죄처벌의 건), 외환관리법, 관세법, 1937년 법률 제92호(수출입품 등에 관한 임시조치에 관한 법률), 선박법, 항공법, 전신법, 무선전신법 및 국가총동원법(전항 제2호에 열거한 죄를 제외한다.)의 죄

제17조   검사는 피의자를 소환하고 또는 그 소환을 사법경찰관에게 명령할 수 있다.
2. 검사의 명령으로 인해 사법경찰관 발행한 소환장에는 명령을 내린 검사의 직, 성명 및 그 명령으로 인해 이를 발행하는 뜻까지도 기재해야 한다.
3. 소환장의 송달에 관한 재판소 서기 및 집달리에 속하는 직무는 사법경찰 관리가 이를 행할 수 있다.

제18조   피의자가 정당한 사유 없이 전조의 규정에 의한 소환에 응하지 않거나 형사소송법 제87조 제1항 각호에 규정한 사유가 있을 때에는 검사는 피의자를 구인하거나 그 구인을 다른 검사에게 촉탁하거나 혹은 사법경찰관에게 명령할

수 있다.

2. 전조 제2항의 규정은 검사의 명령으로 인해 사법경찰관이 발행하는 구인장에 대해 이를 준용한다.

제19조   구인된 피의자는 지정된 장소에 인치될 때부터 48시간 이내에 검사 또는 사법경찰관이 이를 심문해야 한다. 그 시간 내에 구류장을 발행할 수 없을 때에는 검사는 피의자를 석방하거나 사법경찰관으로 하여금 이를 석방하도록 해야 한다.

제20조   형사소송법 제87조 제1항 각호에 규정한 사유가 있을 경우에는 검사는 피의자를 구류하거나 그 구류를 사법경찰관에게 명령할 수 있다.

2. 제17조 제2항의 규정은 검사의 명령으로 인해 사법경찰관이 발행하는 구류장에 대해 이를 준용한다.

제21조   구류에 대해서는 경찰관서 또는 헌병대의 유치장을 감옥으로 대용할 수 있다.

제22조   구류기간은 2개월로 한다. 특별히 계속할 필요가 있을 때에는 구재판소 검사는 검사정의 허가, 지방재판소 검사는 검사장의 허가를 받아 1개월 단위로 이를 경신할 수 있다. 다만 전 기간이 4개월을 넘을 수는 없음

2. 치안유지법의 죄에 대해 특별히 계속할 필요가 있을 때에는 검사장의 허가를 받아 1개월 단위로 구류기간을 경신할 수 있다. 다만 전 기간이 1년을 넘을 수는 없다.

3. 검사총장 또는 그 지휘를 받은 검사가 형법 제73조, 제75조, 제77조, 제79조의 죄에 대한 조사를 위해 특별히 계속할 필요가 있을 때에는 1개월 단위로 구류기간을 경신할 수 있다. 다만 전 기간이 6개월을 넘을 수 없다.

제23조   구류의 사유가 소멸하거나 기타 구류를 계속할 필요가 없다고 사료될 때에는 검사는 서둘러 피의자를 석방하거나 사법경찰관으로 하여금 이를 석방시

켜야 한다.

제24조　검사는 피의자의 주거를 제한하거나 구류의 집행을 정지할 수 있다.
2.　형사소송법 제119조 제1항에 규정한 사유가 있을 경우에는 검사는 구류의 집행정지를 취소할 수 있다.

제25조　검사는 피의자를 심문하거나 그 심문을 사법경찰관에게 명령할 수 있다.
2.　검사는 공소제기 전에 한하여 증인을 심문하거나 또는 그 심문을 다른 검사에게 촉탁하거나 혹은 사법경찰관에게 명령할 수 있다.
3.　사법경찰관은 검사의 명령으로 인해 피의자 또는 증인을 심문할 때에는 명령을 내린 검사의 직위, 성명 및 그 명령으로 인해 심문한다는 뜻을 심문조서에 기재해야 한다.
4.　제17조 제2항 및 제3항의 규정은 증인심문에 대해 이를 준용한다.

제26조　검사는 공소제기 전에 한하여 압수, 수색, 검증을 명하거나 그 처분을 다른 검사에게 촉탁하거나 혹은 사법경찰관에게 명령할 수 있다.
2.　검사는 공소제기 전에 한하여 감정, 통역, 번역을 명하거나 그 처분을 다른 검사에게 촉탁하거나 혹은 사법경찰관에게 명령할 수 있다.
3.　전조 제3항의 규정은 압수, 수색, 검증 조서 및 감정인, 통사, 번역인의 심문조서에 대해 이를 준용한다.
4.　제17조 제2항 및 제3항의 규정은 감정, 통역 및 번역에 대해 이를 준용한다.

제27조　형사소송법 중 피곤인의 소환, 구인 및 구류, 피고인 및 증인의 심문, 압수, 수색, 검증, 감정, 통역 및 번역에 관한 규정은 별도의 규정이 있는 경우를 제외하고 피의사건에 대해 이를 준용한다. 다만 보석 및 청부에 관한 규정은 이 제한에 속하지 않는다.

제28조　외국선박, 외국항공기 법률 또는 이에 근거하여 발하는 명령에 의한 금지, 제한에 관계되는 구역에 침입한 경우에 있어서 검사는 수사를 위해 필요가 있

을 때에는 그 선박 혹은 항공기에 대해 지정한 장소에 회항할 것을 명령하거나 이를 억류하거나 그 선박 혹은 항공기의 장, 승조원 및 승객에 대해 지정하는 장소에 체류할 것을 명령할 수 있다.

2. 검사는 전항의 규정에 의한 처분을 사법경찰관에게 명령할 수 있다.

3. 전2항의 규정은 제16조에 규정하는 죄 이외의 죄에 관한 사건에 대해 이를 준용한다.

제29조   변호인은 사법대신이 이미 지정한 변호사 중에서 이를 선임해야 한다. 다만 형사소송법 제40조 제2항의 규정의 적용을 방해하지 않다.

제30조   변호인의 수는 피고인 1명에 대해 2명을 초과할 수 없다.

2. 변호인의 선임은 최초에 정한 공판기일에 관한 소환장의 송달을 받은 날로부터 10일을 경과할 때에는 이를 행할 수 없다. 다만 어쩔 수 없는 사유가 있을 경우 재판소의 허가를 받았을 때에는 이 제한에 속하지 않는다.

제31조   변호인은 심판을 공개하는 공판정에 있어서 구두변론을 행할 경우에는 국가기밀, 군사상의 기밀, 군용자원 비밀 또는 관청이 지정한 총동원업무에 관한 관청의 기밀을 진술할 수 없다. 이 경우에 있어서 변호인은 그 사항을 기재한 서면을 제출하여 진술에 대신할 수 있다.

제32조   변호인은 소송에 관한 서류의 등본을 만들려고 할 때에는 재판장 또는 예심판사의 허가를 받을 것을 요한다.

2. 변호인의 소송에 관한 서류의 열람은 재판장 또는 예심판사가 지정한 장소에서 이를 행해야 한다.

제33조   제16조 제1항에 열거하는 죄, 또는 외국과 통모하거나 외국에 이익을 부여할 목적을 갖고 동조 제2항에 열거하는 죄를 범한 자라고 인정한 제1심의 판결에 대해서는 공소를 할 수 없다.

2. 전항에 규정한 제1심의 판결에 대해서는 직접 상고를 할 수 있다.

3. 상고는 형사소송법에 있어서 제2심의 판결에 대해 상고를 할 수 있는 이유가 있을 경우에 이를 행할 수 있다.
4. 상고재판소는 제2심의 판결에 대해 상고사건에 관한 수속에 의해 재판을 행해야 한다.

제34조   재판소는 외국과 통모하거나 혹은 외국에 이익을 부여할 목적을 갖고 제16조에 열거한 죄를 범한 자라고 인정할 때에는 그 뜻을 판결에 적시해야 한다.
2. 전항의 적시를 한 제1심 판결에 대해 상고가 있을 경우 상고재판소는 외국과 통모하거나 혹은 외국에 이익을 부여할 목적을 갖고 범한 자가 아니라는 것을 의심하기에 충분하고 현저한 사유가 있는 자라고 인정할 때에는 판결로서 원판결을 파기하고 사건을 관할공소재판소에 이송해야 한다.
3. 제16조에 열거한 죄를 범한 자라고 인정한 제1심의 판결에 대해 상고가 있을 경우에 상고재판소는 동조에 열거한 죄를 범한 자가 아니라는 것을 의심하기에 충분하고 현저한 사유가 있는 자라고 인정할 때에는 역시 전항과 같다.

제35조   상고재판소는 공판기일의 통지에 대해서는 형사소송법 제422조 제1항의 기간에 의하지 않을 수 있다.

제36조   재판소는 본장의 규정의 적용을 받는 죄에 관한 소송에 대해서는 다른 소송의 순서에 관계없이 서둘러 그 재판을 진행해야 한다.

제37조   제16조에 규정하는 죄에 해당하는 사건(배심법 제4조에 규정하는 자를 제외한다.)은 이를 배심에 부치지 않다.

제38조   형사수속에 대해서는 별도의 규정이 있는 경우를 제외하고 일반의 규정의 적용이 있는 것으로 한다.

제39조   본장의 규정은 제21조, 제22조, 제28조, 제29조, 제30조 제1항, 제33조, 제34조 및 제37조의 규정을 제외하고 군법회의의 형사수속에 대해 이를 준용한

다. 이 경우 '형사소송법 제87조 제1항'이라는 것은 '육군군법회의법 제143조' 또는 '해군군법회의법 제143조'로 하고, '형사소송법 제422조 제1항'이란 것은 '육군군법회의법 제444조 제1항' 또는 '해군군법회의법 제446조 제1호'로 하고, 제24조 제2호 중 '형사소송법 제119조 제1호에 규정하는 사유가 있는 경우에 있어서'라는 것은 '언제라도'라고 한다.

제40조 조선 및 대만에서는 본장에 열거하는 법률은 제령 또는 율령에 의하는 경우를 포함한다.

2. 조선에서는 제22조 제3항 중 형법 제73조, 제75조, 제77조, 제79조라고 하는 것은 형법 제73조, 제75조, 제77조, 제79조 또는 조선형사령 제3조로 하고 제35조 중 형사소송법 제422조 제1항이란 것은 조선형사령 제31조로 한다.

3. 조선에서는 본장 중 사법대신은 조선총독, 검사총장은 고등법원검사장, 검사장 또는 검사정은 복심법원 검사장, 지방재판소 검사 또는 구재판소 검사는 지방법원 검사로 한다.

4. 대만에서는 본장 중 사법대신은 대만총독, 검사총장 또는 검사장은 고등법원 검찰관장, 검사정은 지방법원검찰관장, 지방재판소 검사 또는 구재판소 검사는 지방법원 검찰관 또는 지방법원지부 검찰관, 검사는 검찰관, 예심판사는 예심판관으로 한다.

부칙

1. 본법 시행의 기일은 칙령으로 이를 정한다.
2. 본법은 내지, 조선, 대만 및 사할린에 이를 시행한다.
3. 제2장의 규정은 본법시행 이전 공소를 제기한 사건에 대해서는 이를 적용하지 않는다.
4. 본법 시행 이전에 조선형사령 제12조 내지 제15조의 규정에 의해 행한 수사수속은 본법의 시행 후라고 하더라도 그 효력을 가진다.
5. 전항의 수사수속으로서 본법에 이에 상당하는 규정이 있을 때에는 본법에 의해 행한 것으로 간주한다.

제3부

국가총동원체제와 방공·방첩

가나즈 히데미

2013년 12월 6일 밤, 「특정비밀보호법안」(정식명칭 「특정 비밀 보호에 관한 법률안」)이 참의원 본회의에서 여당인 자민당과 공명당의 찬성에 의해 가결(중의원 본회의 가결은 11월 26일), 2013년도 가을 임시국회 회기 마지막 시점에서 성립했다. 야당은 물론 법안에 반대하는 수많은 의견을 고려치 않고, 중의원·참의원 양 의원에서의 안정다수에 의해 체결된 후에 성립된 것이었다.

전후 일본에서 소위 「비밀보호」에 관한 법률이 생긴 것이 이번이 처음은 아니다. 1954년에 「일미상호방위원조 협정에 따른 비밀보호법」(통칭 「MSA비밀 보호법」)이 제정되어 「특정방위비밀」을 「탐지·수집·누설」한 자에 대해 형사죄로 규정하고 있다. 이후 1985년, 「국가 비밀에 관한 스파이 행위 등의 방지에 관한 법률안」(통칭 「스파이방지법안」)이 의원입법으로 제출되었지만 내외의 반대로 인해 심의조차 보지 못하고 폐기되었다. 현재의 법안은 2011년에 국가비밀 관리체제강화를 위한 법안으로 국회 상정이 보류된 것을 받아들인 것이다[1]. 따라서 「방위비밀」에 관한 MSA비밀보호법은 존재하지만 정치·외교 전반에 걸친 「특정비밀」에 대한 법률이 부재하다는 인식에 기반하여, 이번 국회에서의 법안 성립을 계획한 것이라 할 수 있다. 이 법안에 관해서는 학계, 언론계, 법조계를 시작으로 일반 시민에 이르기까지 의문과 반대의 의견이 끊임없이 이어지고 있으며, 중의원·참의원 양원에서의 심의기간에 반대운동, 법안 폐기를 위한 공방은 날로 거세지고 있다. 이러한 공방은 총력전 체제기에 광범위한 제국 일본의 판도를 대상으로 정비된 방공·방첩 법제를 상기하게 한다.

본서 『조선의 방공운동』 또한 이러한 제국 일본의 방공·방첩 체제의 일환으로 주로 방공·방첩 사상의 보급을 목적으로 간행되었다. 특히 식민지 조선에서는 제1차 세계대전 이후의 총력적 체제 구축의 필요성에 따라 민족운동·공산주의 운동의 탄압 및 단속이 전향공작(「사상 선도」)을 통해 이루어졌다. 그리고 1930년대 후반에 공포·시행된 「사상범 보호관찰법」(1936년 5월), 식민지 조선에서는 「조선사상범 보호관찰령」

이 별도 공포·시행(1936년 12월), 조선인을 향한 방공·방첩 운동이 본격적으로 전개되기에 이른다.

본서는 방공·방첩에 관한 식민지 문화정책이 방공·방첩사상의 보급을 도모하기 위한 것으로 보고 어떠한 법제도적 배경을 가지고 있는가를 우선 개관하기로 한다. 방공·방첩법제에 대한 연구는 1985년 「스파이 방지법안」의 국회상정으로 1980년대 후반에 법 정비 과정과 적용상황 등의 연구가 이루어졌지만, 그 범위는 일본 본토로 한정되었다. 겨우 오키나와전(沖繩戰) 관계에서 야마구치대학(山口大学)의 고케쓰 아쓰시(纐纈厚) 교수 등의 연구가 있었지만[1], 식민지 조선의 방공·방첩 체제에 대한 연구는 전혀 언급되고 있지 않다. 한편, 식민지 조선의 전향자에 대한 도시샤대학(同志社大学)의 홍종욱(洪宗郁)교수의 연구[2], 치안체제에 대해 교토대학(京都大学)의 미즈노 나오키(水野直樹) 교수가 언급하고 있지만[3] 역시 방첩체제는 전혀 거론하고 있지 않다. 본서의 간행은 식민지 조선의 문화상황과 방공·방첩체제와의 관계를 해명하는 첫걸음이 될 것으로 보인다.

일본에서 최초로 군사기밀보호를 법으로 규정한 것은 1899년 군기보호법이지만 이미 1871년에 육해군 형률을 제정해, 군사기밀의 누설 등에 관한 벌칙규정을 두고 있었다. 이후, 개정법령(1873), 육군형법·해군형법(1881), 구형법(1882), 개정형법(1907) 등 주로 「군사기밀보호」를 목적으로 형법을 차근차근 제정했다. 이들 법은, 주로 관리, 군인 또는 군사정보를 다루는 자(병기, 탄약제조관련 직공)를 대상으로 했다. 또한 간

---

1 2011년 8월에 「비밀보전을 위한 이상적인 법제에 관한 유식자 회의」(좌장:아가타 고이치로(縣公一郎) 와세다대학 정치경제학술원 교수)가 발표한 보고서 「비밀보전을 위한 이상적인 법제에 관해서」에 이어 「정치에서 정보보전에 관한 검토 위원회」(위원장: 내각관방장관)는 같은 해 10월에는 2012년의 정기 국회제출에 맞춰 법안화 작업의 진행을 결정했지만 국회에 상정되지는 못했다. 그 후, 2013년 9월에 「특정비밀 보호에 관한 법안의 개요」가 공표, 2013년 가을 임시국회에 법안이 제출되었다는 경위가 되고 있다. 또한 이러한 움직임은 직접적으로는 2010년에 일어난 센카구 열도(중국명 댜오이다오) 어선 충돌 영상의 인터넷 유출사건이 발단이었다. 일본변호사 연합회 웹사이트 http://www.nichibenren.or.jp/activity/human/secret/about.html 참조(검색일 : 2013년 12월 2일)

2 고케쓰 아쓰시(纐纈厚) 『방첩 정책과 민중-국가비밀법제사의 검증』쇼와출판, 1991. 다마키 사네아키(玉木真哲) 「전시 오키나와의 방첩에 대해」『沖繩文化研究』제13호, 1987.

3 홍종욱『전시기 조선의 전향자들―제국／식민지의 통합과 균열―』有志社, 2011.

4 미즈노 나오키(水野直樹) 「전시기 조선의 치안유지법 체제」『이와나미 강좌 아시아·태평양 전쟁 7 지배와 폭력』이와나미 서점, 2006.

방공운동 _87

첩 대책의 철저화가 이루어진 것은 러일전쟁 이후인 1907년 육·해군형법부터이며 (최초로 등장한 것은 1882년 구형법), 이 또한 군인 및 군속을 대상범위로 한 것을 알 수 있다. 한편, 일반인에 대해서는 각 언론, 출판규제법에 의해 결정되었다. 즉, 1883년 신문지 조례개정에 군사관련 기사게재 허가제가 포함되어, 이후 언론미디어에서 군사관련기사에 관한 규제 및 통제를 강화했다. 단, 검열을 통해 군사관련 정보를 통제한 것으로 특히 전시기에 주안을 두었다고 할 수 있다.

이러한 상황이 평시까지 확대된 것이 1899년 군기보호법(軍機保護法, 법률 제104호)의 성립이었다. 겨우 8개조에 불과한 이 법률은 이후 주변 법제로는 같은 해 제정된 요새지대법(要塞地帶法), 1903년의 선박법, 1904년의 방어해면령(防御海面令)이 정비됨과 동시에 타이완(1901), 사할린(1907), 중국의 관동주(1908), 조선(1913)등 식민지로 서서히 시행되었다. 또한 러일전쟁 후인 1907년에는 형법, 1908년에는 육해군 형법이 개정, 이때까지의 형법에는 외국인을「간첩」으로 규정한 것에 비해, 새롭게 일본인 또한「간첩」의 대상으로 규정했다. 이때까지의 군사기밀에 관한 통제형법은 어디까지나 전시를 상정한 군사관련 정보의 차단을 고려한 시스템이었다고 할 수 있다.

이러한 시스템이 일대 전환기를 맞게 된 것은 제1차 세계대전을 경험한 후의 총력전 시대였다. 말할 필요도 없이 총력전이란 무력으로 직접적 전시행위의 우열뿐만 아니라 평시를 포함한 국력과 국력의 양상을 나타냄을 의미한다. 따라서 국가총력전을 승리로 이끌기 위해 강력한 체제정비가 계획되었고, 일반「신민(臣民)」의 사상적·정신적 통제, 국방의식의 강화 및 충실을 꽤했다. 1920년대 이후 국방사상의 선전보급, 즉「사상전」이 본격적으로 정비된다. 물론 이는 식민지 조선에서도 예외는 아니었다.

한편, 1925년에는「국체를 변혁 또는 사유재산제도를 부인하는 것을 목적으로 한 결사를 조직하거나 사정을 알고 가입한 자는 10년 이하의 징역 또는 금고에 처한다」(제1조)는 치안유지법이 만들어져 공산주의에 대한 탄압이 법으로 명확해졌다. (1928년, 최고형을 사형으로 개정, 1941년 예방 구금제 도입) 이로 인해 공산주의자에 대한 탄압이 강화되자 이를 둘러싼 국방사상의 보급, 방공·방첩사상을 고취하려는 체제정비 또한 전개된다. 예를 들면, 1930년에 육군성 내부에 국방사상보급위원회를 설치해 국방사상 보급체제를 구축했으며, 1934년에는 소위「육군 팸플릿」(국방의 본의와 강화의 제창) 작성, 1935년에는「대내 국책 요항안에 관한 연구(対内国策要項案に関する研究)」, 1939년「시국선전 계획」등의 국방선전계획(강연, 신문, 라디오, 영화 등의 수단을 이

용)을 수립했다. 이러한 움직임은 1937년 이후의 국민정신총동원 운동의 전개와 함께, 본격적인 「사상전」의 시대가 도래했음을 말해주고 있다.

이에 따라 종래 전시군인(공무원 포함), 언론 미디어를 중심으로 통제·규제되어 왔던 군사기밀 보호법도 일반 「신민」을 대상으로 전환되었다. 이러한 법제도로서 형태를 갖춘 것이 군기보호법 전면개정(1937), 군용자원비밀보호법(1938), 국방보호법(1941)으로 이어지는 군사관련 비밀에 관한 법 정비이다. 우선 군기보호 법안은 제70회 제국의회에서 귀족원, 중의원 양원의 심의를 거쳐, 1937년 8월 8일 전26조에 걸친 전면개정의 형태로 가결 및 성립했다.(공포 8월 13일, 시행 10월 10일) 이 법은 「작전, 용병, 동원, 출사 기타 군사상 비밀을 요하는 사항 또는 도서물건」의 「군사상 비밀」을 보호대상으로 했으며(제1조), 탐지·수집·누설 행위를 처벌했고, 처벌대상을 민간인으로 확대하여, 최고형을 사형으로 했다(제4조). 여기에서 말하는 「군사상 비밀」의 구체화는 제2조에 근거해 군기보호법 시행규칙(1937년 12월 육군성령, 동년 10월 해군성령)으로 별도 규정되었다. 이를 보면 군사관련 사항은 물론, 평시로 확대, 또는 학교 등을 포함한 민간레벨로까지 그 범위가 확대된 것을 알 수 있다.

다음으로 군용자원비밀 보호법안은 1939년 2월 25일에 제74회 제국의외에 상정되어, 3월 중의원(6일), 귀족원(17일)에서 가결·성립되었다.(3월 25일 공포, 6월 26일 시행) 이 법률은 「국방목적의 달성을 위해 군용으로 제공하는(군용으로 제공해야 할 경우를 포함) 인적 물적 자원」(제1조)으로 규정한 것처럼 군용으로 제공된 모든 것에 대해 적용 가능한 법률로 규정되었다. 당시 육군대신 이타가기 세이시로(板垣征四郎)는 「우리나라에서 군기 이외의 국정에 관한 비밀을 보호해야 할 법령의 정비는 아직 충분하다 할 수 없다… 소위 총력전 시대의 요구에 부응해야」하며 「국가 총동원 상 필요로 하는 제반의 비밀을 보호하는 법률을 제정해, 그 단속에 완벽을 기할」것을 말하고 있다. 또한 「군사상 가장 밀접히 제공하는 중요군용자원의 비밀보호에 관해 방첩 상 필요한 법령을 정비하는 것은 적절한 조치」였으며, 이 법은 「스파이」행위의 단속을 주요한 목표」로 삼고 있다고 그 취지를 명확히 하고 있다. 1938년 규정된 국가 총동원법에 영

---

5 고케쓰 아쓰시 『방첩정책과 민중―국가비밀법제사의 검증』 쇼와출판. 1991. pp.30-31.
6 기타 관련법제로서. 방공법(防空法. 1937), 국경단속법(国境取締法. 1939), 개정요새지대법(1940)등이 성립했다.

향을 받아, 비밀보호를 위해 이전의 군기보호법이 미치지 못했던 범위에까지 그 대상을 확대해 제정된 것이라 할 수 있다.

이러한 법 정비는 중일전쟁으로 치닫는 와중에 중국과 소련과의 대립을 예견한 사전포석이라 할 수 있다. 이는 1941년 시행된 「국방보호법」의 성립으로 집대성을 이룬다. 이때까지 관련 법제가 군사기밀을 주요한 보호대상으로 한 설정이었던데 비해 그 대상범위를 「외교, 재정, 경제 기타 관련 중요한 국무에 관한 사항」으로 대폭 확대시켰다. 물론 최고형은 군기보호법과 마찬가지로 사형으로 규정하였다. 또 「치안을 방해할 수 있는 사항을 유포한 자」(제9조), 「국민 경제의 운행을 현저하게 저해할 우려가 있는 행위」를 적용대상으로 하는 등 치안유지법과 같은 성격을 가졌다. 이러한 법제가 총력전에 상응한 것은 당시 법조계에서도 인지되고 있었으며 「전쟁이 소위 국가총력전 형태를 불러온 현재, 적의 비밀전은 단순히 기밀을 탐지·수집하는 데 그치지 않고, 총후생활(銃後生活)을 교란시켜 사상적 붕괴를 초래, 중요 생산시설을 파괴, 전쟁수행에 지장을 주는 등의 적극적, 공격적 수단이 사용되고 있다」고 말하듯 총후의 생활에까지 확대시킨 사상전(「국민방첩」)이 제창되었다[9]. 이때 가장 경계된 것이 「공산주의 국가에서 가장 많이 이용되는 첩보망, 선전망, 모략망」[9]이었다. 즉 「국방보안」이란 「방공(防共)」을 위한 「비밀전」이자, 「방첩전」이었으며, 「선전술」이었다.

마지막으로 식민지 조선의 상황은 어떠했을까? 앞의 법령은 조선을 시작으로 한 식민지에도 시행되었다. 따라서 방공·방첩체제, 치안유지체제는 제국 일본의 판도를 식민지로 펼치는 시스템으로 전개되었다고 할 수 있다. 한편 조선총독부의 치안유지체제는 치안유지법을 중핵으로 삼중의 구조가 형성되었다고 평가된다[10]. 첫째, 「사상범」에 대한 감시·통제 및 전향 강요대책(사상범 보호관찰제도), 둘째, 「사상범」을 양산하는 조선사회에 대한 통제 및 강화책(「사상정화 공작」등), 셋째, 조선사회 전반에

7 1939년 3월 9일 「법안취지 설명」『관보 호외 1939년 3월 10일 귀족원 의원 속기록 제22호』 pp.243-244, 일본 국회도서관 소장.

8 다나카 간지로(田中寬次郎) 「사상모략과 국민국방」『文藝春秋』1941년 7월호) 繩纈厚前揭書 (pp.63-64)재인용.

9 다나카 류키치(田中隆吉) 「육군견해천명」국책연구소편『개정 국가 총동원법·국방보안법 해설』 1941.

10 미즈노 나오기, 前揭論文, pp.95-96.

대한 감시 및 통제책(「유언비어」등에 대한 단속)이다. 이러한 체제는 중일전쟁 초기에 형성되어, 태평양전쟁을 앞둔 1940년 전후에 전면적인 감시체제의 구축이 형성되었다. 이러한 중층구조에는 「조선의 특수성」이 반영되었으며, 본서『조선의 방공운동』은 조선방공협회라는 조직을 통해 둘째 항목을 중점적으로 보급하려고 했다. 즉 군사관련 비밀에 관한 법 정비로 처벌의 망을 확대하는 한편, 내부로부터 적발해 교정해가는 관리·통제체제를 철저화하기 위한 운동이었다고 할 수 있다.

조선의 방공, 제국 일본의 방공

이정욱

조선방공협회 초대회장을 맡은 조선총독부 경무국장인 미쓰하시 고이치로(三橋孝一郎)는 공산주의 종주국인 소련과 접하고 있는 조선은 '가라후토(樺太-사할린)'와 함께 일본 '국방의 제1선'[11]을 담당하고 있는 만큼 조선방공협회의 역할은 지대하다고 말하고 있다. 미쓰하시의 의견에서는 조선방공협회가 그들이 내세우는 설립 목적보다는, 궁극적으로는 소련과 중국으로부터의 위협을 막아내기 위해 만들어진 단체임을 짐작할 수 있다. 1937년 중일전쟁의 발발, 1938년 7월 두만강 근처에 있던 장고봉(張鼓峰)에서 일어난 일본군과 소련군과의 대대적인 전투가 그 배경이다. 교토대학의 미즈노 나오키(水野直樹)교수는 이러한 「조선의 특수성」[12]을 대변하는 단체가 조선방공협회였다고 말하고 있다. 이들이 주간한 잡지 『방공의 조선(防共の朝鮮)』과 함께 『조선의 방공운동』을 번역·편집한 본서는 제국주의 일본의 방공정책에서 「내지」와 차이를 보였던 「조선의 특수성」을 조금이나마 이해하기 위한 도구가 될 것이다.

이러한 관점에서 조선 내 공산주의자의 위협보다는 소련, 중국의 위협(스파이 행위)에 대비하기 위해 1939년 조선방공협회가 후원 제작한 영화 『방공의 맹세(防共の誓ひ)』(나카가와 시로(中川紫郎)감독, 조선국책영화사, 1937년 6월)는 같은 해 「시국선전 계획」등의 국방 선전 계획 등에 이용되기 시작한 영화를 통해 대중문화가 완수했던 방공 정책

---

11 미쓰하시 고이치로(三橋孝一郎) 「반도야 말로 방공의 제1선(半島こそ防共の第一線だ)」, 『京城日報』, 1940년 1월 9일, p.7.

12 미즈노 나오키(水野直樹) 「전시기 조선의 치안유지법 체제」, 『이와나미 강좌 아시아·태평양전쟁 7 지배와 폭력』이와나미 서점, 2006. pp.95-96. 미즈노는 「조선의 특수성」으로 ①민족의식에 근거한 조선의 민족운동·공산주의운동이 강고하며 지속적 ②운동을 지원·지지하는 강고한 사회적 기반 ③중국과 소련을 국경으로 접한 조선의 상황 ④중국과 소련의 긴장관계와 전황으로 인해 조선의 파급으로 인해 치안유지의 곤란에 곤란을 들고 있다.

을 엿볼 수 있는 절호의 소재라 생각된다.

우선, 1938년 8월 15일에 설립된 조선방공협회에 대해 간단히 살펴보기로 한다. 조선방공협회는 조선총독부 정무총감을 총재, 경무국장을 회장으로, 총독, 조선군 사령관, 진해 요항부 사령관 세 명을 고문으로 둔 관제단체이다. 하지만 사상범을 주로 다루는 보호관찰소나 사상보국연맹이 검사국의 관할에 있었던데 비해, 협회는 경무국장을 중심으로 한 경찰의 관할이었다.

1939년 협회는 조선 전국에 지부(253곳)와 그 하부조직인 방공단(3,100개), 19만 명의 단원(18세부터 30세까지의 청년)을 거느렸으며, 당시로서는 대량인 35,000부의 정기잡지를 간행하는 거대한 조직으로 성장했다. 기관지와 함께 협회는 보다 대중적인 매체인 음악, 영화, 그림연극, 좌담회 등을 통해 그들의 정책을 알리는데 주력했다.

또한 조선방공협회의 특징으로 들 수 있는 것이, 지역적 조직의 활성화다. 하지만, 조선의 모든 지역에서 활발한 활동이 이루어진 것은 아닌 듯 보인다. 조선방공협회가 전국에서 개최한 영화상영 및 연극 상연 횟수와 관객 수를 나타내는 본서의 표(영화연극 개최 상황표, 1939년 9월말)가 이를 말해주고 있다. 영화와 연극에 대한 관심이 다른 지역보다 월등히 높은 곳은 함경남도(영화상영회 255회 총 관람인원 306,418명, 연극 상연회 62회 총 관람인원 64,786명) 지역임을 알 수 있다. 함경남도민이 다른 지역보다 방공의식에 투철하거나, 아니면 협회가 이 지역을 중점적으로 그들의 활동무대로 삼고 있음을 알 수 있다. 지역적으로 보면 함경남도는 낭림산맥과 마천령산맥으로 둘러싸인 고산지대로 압록강을 사이에 두고 중국과 국경을 접하고 있는 지역이었다[13]. 이러한 자연적인 조건은 일찍이 갑산 화전민 항일운동(1929년)을 비롯해, 보천보 전투(1937년), 장고봉 전투를 통해 중국지역에서 활동하는 조선 항일군들의 습격이 잦았으며, 일본 측에서는 이들과 내통하는 사람들이 가장 많은 지역 또한 이 지역으로 파악하고 있었음을 짐작할 수 있다.

일본이 자신들의 '국방의 제1선'인 조선을 위해 설립한 조선방공협회는, 조선 전국적인 조직의 의미보다는 중국, 소련과 국경을 접한 국경 지방의 방위를 가장 큰 목표로 했음을 엿볼 수 있다.

---

13 현재의 함경남도는 중국과의 국경에서 벗어나 내륙에 위치해 있지만, 1938년 당시는 현재의 자강도, 양강도를 포함하는 지역이 모두 함경남도에 속해 있었다.

　　제국주의 일본 국방의 첨병역할을 담당했던 조선방공협회의의 방공영화『방공의 맹세』는 전향한 조선인 공산주의자가 중국인, 소련인과 함께 등장하는 영화이다. 조선 국내의 문제(조선인)만을 다루어왔던 기존 영화에서 탈피해, 무대를 넓혀 주변국 사람들이 스파이로 등장하고 있는 것이다. 이러한 경향은 이후 일본에서 제작된 스파이 관련 영화(『공포의 스파이(第五列の恐怖)』(1942)[14],『당신은 감시당하고 있다(あなたは狙われている)』(1942),『총칭에서 온 사나이(重慶から来た男)』(1943),『국제밀수단(国際密輸団)』(1944)에도 영향을 미쳤으리라 사료된다. 이는 소련, 중국과 직접적으로 국경을 접하고 있는 조선과 그렇지 않은 '내지'의 상황이 관계했음을 짐작하게 한다. 하지만『방공의 맹세』에 대한 기본 문서 자료는 존재하지만 아쉽게도 영화 필름의 소재여부는 불명확하다.

　　조선방공협회는 부정기적으로 방공의 밤을 열어 강연회, 음악, 연극, 영화로 대중들의 관심을 유도했다. 협회 설립 1주년을 기념해 부민관에서 개최된 방공의 밤에서는 음악, 연극과 함께 영화『방공의 맹세』,『강국일본(强國日本)』이 상영되었음을 당시의 신문을 통해 확인할 수 있다[15]. 강연회 개최가 궁극적인 목적이었겠지만, 대중의 참여를 유도하기 위해서는 그들의 관심을 이끌 수 있는 대중적인 매체 즉, 음악, 연극, 영화가 필요했을 것이다. 또한 경성이 아닌 지방에서도 지역의 방공조직을 통해 영화가 무료로 상연됐음을 알 수 있다.　대중 선도를 위해 가장 효과적인 매체인 영화를 적극적으로 이용한 조선방공협회는 기존 일본의 영화제작사에서 제작한『스파이는 자네다(スパイは君だ)』,『방공십자군(防共十字軍)』,『빨갱이의 위협(赤の脅威)』을 상영하거나,『방공의 맹세』처럼 협회가 후원해 제작하기도 했다. 하지만 이들 영화는 모두 현재 소재가 불분명하여 그저 영화를 알리는 광고문만으로 영화의 내용을 짐작할 수밖에 없다.

14　제5열은 1936년 스페인 내전에서, 반정부군 측 장군인 에밀리오 모라 비달 장군이 마드리드로 진격하면서 "우리의 4개 군단은 마드리드로 향하고 있다. 이미 마드리드에는 우리를 동조하는 다섯 번째의 군단이 있다"고 한 라디오 연설에 기인해 레지스탕스, 스파이 세력의 의미로써 사용되었다.

15　「防共の夕 今夜 府民館서 映畵音樂演劇」,『동아일보』, 1939년 8월 16일, 3면.

16　『매일신보』의 기사 「朝鮮映畵가 續々 內地서上映中」(1939년 7월 27일, 4면)에는, 조선국책영화사가 제작을 맡고, 나카가와 시로 감독, 한은진(韓銀珍)주연의 영화『방공의 맹세』가 이미 일본에서 상영되고 있는『국경』(최인규감독, 고려영화사, 1939년),『어화』(안철영감독, 극광영화제작소, 1939년),『한강』(방한준감독, 반도영화사, 1938년),『성황당』(방한준감독, 1939년) 에 이어, 곧 상영예정이라고 알리고 있다.

1939년 1월에 제작이 시작되어 7월에 개봉을 한『방공의 맹세』는 1시간 내지 1시간 30분 정도의 길이(6卷, 1,239미터, 필름1卷은 10분내지 15분)일 것으로 추측되며, 이미 같은 해 7월에는 일본에서의 상영도 계획되고 있었던 듯하다[16]. 하지만 상영관련 기사는 아직 확인되지 않고 있다.

영화는 공산주의자의 전향과정을 다룬 것으로 보이는데 광고 문구에서 주목해야 될 곳이 있다면 '반도의 수도 경성에서 동란의 상해', '경성체재의 백계 러시아인 전원특별 출연'이라는 문구이다[17]. 이 내용만으로도 조선인 주인공이 조선, 중국을 무대로, 조선인, 중국인, 백계 러시아인까지 등장하는 국제적인 영화로 봐도 손색이 없을 것이다. 하지만 구체적인 영화의 스토리는 더 이상 파악할 수 없다.

『방공의 맹세』의 스토리 이해를 위해 당시 일본의 관련 영화들을 살펴보기로 한다.

일본의 방공(스파이) 영화 속에 외국인이 등장하는 작품으로는 다음과 같은 작품들을 들 수 있다. 우선 재일 영국대사관의 스파이 공작대상이 된 무음발동기 연구자인 모리모토(森本)를 포섭하기 위해 대사관이 고용한 중국인 미녀 스파이가 등장하는『스파이의 공포』(야마모토 히로유키(山本弘之)감독, 닛카쓰(日活), 1942년), 진주만 공격에 대한 정보를 수집한 국적 불명의 스파이가 미국대사에게 그 정보를 보고하는『당신은 감시당하고 있다』(야마모토 히로유키감독, 다이에(大映), 1942년), 메이지 초기 요코하마를 무대로 영국을 위해 일하는 중국인, 미국인을 그린『국제밀수단(国際密輸団)』(이토 다이스케(伊藤大輔)감독, 다이에, 1944년), 일본의 군함을 격침시키기 위해 일하는 미국인, 유대인 스파이, 중국인과 필리핀인 혼혈 댄서가 등장하는『간첩, 바다의 장미(間諜, 海の薔薇)』(기누가사 데이노스케(衣笠貞之助)감독, 도호(東宝), 1945년) 등이 있다. 이들 영화처럼 일본 영화에서 본격적으로 외국인이 스파이로 등장하기 시작한 것은 1940년대가 되고 나서이다. 그 이전에는 전쟁터를 무대로 '황국 이데올로기에 의해 신민(臣民)인 병사의 전사(戰死)를 찬미해 온[18]' 프로파간다 영화만이 꾸준히 제작되어 왔다. 이로부터 조선에서 시도된 방공영화의 제작은 이후 일본의 방공・스파이 영화 제작에 어느 정도 영

---

17 조선총독부 경무국 보안과 편찬(朝鮮総督府警務局保安課編纂)『조선의 방공운동(朝鮮に於ける防共運動)』, 매일신보사, 1939년, p.62.
18 가토 미키로(加藤幹郎)『일본영화론 1937-2007(日本映画論 1937－2007)』, 이와나미 서점, 2011년, p.103.

향을 미쳤을 것이다.

자료의 불완전함으로 인해 현재 『방공의 맹세』의 완벽한 분석은 불가능하지만, 이 영화가 공산주의 사상에 대한 경고와 함께 일본이 적국으로 규정하고 있는 중국, 소련의 영향으로부터 「조선의 특수성」을 충분히 살리고 있다는 점, 중국, 소련을 가까이서 접할 수 있는 조선(인)은 일본을 위한 철저한 정신 무장이 필요함을 강조했음은 틀림 없을 것이다.

사상범의 전향과정을 그린 『방공의 맹세』를 후원한 조선방공협회는 1940년 10월 국민정신총동원연맹이 국민총력 조선연맹으로 개편된 후, 그 조직에 흡수되었다. 이제 국민총력 조선연맹은 방공(防共)보다는 방첩(防諜, 스파이)에 활동 중심을 둠으로써 중국, 소련뿐만 아니라 미국, 영국, 필리핀 등의 모든 외국인을 잠정적인 스파이로 규정하며 더 이상 공산주의 사상으로부터의 방공은 더 이상 주목을 받지 못하게 되었다.

마지막으로, 최근에 일어나고 있는 일본의 「특정비밀보호법안」움직임과 함께 여전히 남북이 대치하는 우리의 현실에서 방공은 과거로 한정되었던 운동이 아닌 현재, 미래에도 주목하고 관심을 기울여야 할 키워드 중 하나가 되어야 할 것이다. 또한 영화 『방공의 맹세』와 함께 잡지 『방공의 조선』의 실물을 볼 수 있기를 바란다.

제4부

前項ノ搜査手續ニシテ本法ニ之ニ相當スル規定アルモノハ之ヲ本法ニ依リ爲シタルモノト看做ス

一八

院檢事トス

臺灣ニ在リテハ本章中司法大臣トアルハ臺灣總督、檢事總長又ハ檢事長トアルハ高等法院檢察官長、檢事正トアルハ地方法院檢察官長、地方裁判所檢事又ハ區裁判所檢事トアルハ地方法院檢察官又ハ地方法院支部檢察官、檢事トアルハ檢察官、豫審判事トアルハ豫審判官ス

本法施行ノ期日ハ勅令ヲ以テ之ヲ定ム

本法ハ内地、朝鮮、臺灣及樺太ニ之ヲ施行ス

第二章ノ規定ハ本法施行前公訴ヲ提起シタル事件ニ付テハ之ヲ適用セズ

本法施行前朝鮮刑事令第十二條乃至第十五條ノ規定ニ依リ爲シタル搜查手續ハ本法施行後ト雖モ仍其ノ效力ヲ有ス

一七

用ス此ノ場合ニ於テ刑事訴訟法第八十七條第一項トアルハ陸軍軍法會議法第百四十三條又

ハ海軍軍法會議法第百四十三條、刑事訴訟法第四百二十二條第一項トアルハ陸軍軍法會議

法第四百四十四條第一項又ハ海軍軍法會議法第四百四十六條第一項トシ第二十四條第二項

中刑事訴訟法第百十九條第一項ニ規定スル事由アル場合ニ於テハトナルハ何時ニテモトス

第四十條　朝鮮及臺灣ニ在リテハ本章ニ揭グル法律ハ制令又ハ律令ニ於テ依ル場合ヲ含ム

朝鮮ニ在リテハ　第二十二條第三項中刑法第七十三條、第七十五條若ハ第七十七條乃至第七

十九條トアルハ刑法第七十三條、第七十五條又ハ第七十七條乃至第七十九條又ハ朝鮮刑事

令第三條トシ第三十五條中刑事訴訟法第四百二十二條第一項トアルハ朝鮮刑事令第三十一

條トス

朝鮮ニ在リテハ本章中司法大臣トアルハ朝鮮總督　檢事總長トアルハ高等法院檢事長、檢事

長又ハ檢事正トアルハ　覆審法院檢事長、地方裁判所檢事又ハ區裁判所檢事トアルハ地方法

一六

ルモノト認ムルトキ亦前項ニ同ジ

第三十五條　上告裁判所ハ公判期日ノ通知ニ付テハ刑事訴訟法第四百二十二條第一項ノ期間ニ依ラザルコトヲ得

第三十六條　裁判所ハ本章ノ規定ノ適用ヲ受クル罪ニ關スル訴訟ニ付テハ他ノ訴訟ノ順序ニ拘ラズ速ニ其ノ裁判ヲ爲スベシ

第三十七條　第十六條ニ規定スル罪ニ該ル事件（陪審法第四條ニ規定スルモノヲ除ク）ハ之ヲ陪審ノ評議ニ付セズ

第三十八條　刑事手續ニ付テハ別段ノ規定アル場合ヲ除クノ外一般ノ規定ノ適用アルモノトス

第三十九條　本章ノ規定ハ第二十一條、第二十二條、第二十八條、第二十九條、第三十條第一項、第三十三條、第三十四條及第三十七條ノ規定ヲ除クノ外軍法會議ノ刑事手續ニ付之ヲ準

一五

前項ニ規定スル第一審ノ判決ニ對シテハ直接上告ヲ爲スコトヲ得

上告ハ刑事訴訟法ニ於テ第二審ノ判決ニ對シ上告ヲ爲スコトヲ得ル理由アル場合ニ於テ之ヲ爲スコトヲ得

上告裁判所ハ第二審ノ判決ニ對スル上告事件ニ關スル手續ニ依リ裁判ヲ爲スベシ

第三十四條　裁判所ハ外國ト通謀シ又ハ外國ニ利益ヲ與フル目的ヲ以テ第十六條第二項ニ掲グル罪ヲ犯シタルモノト認メタルトキハ其ノ旨ヲ判決ニ摘示スベシ

前項ノ摘示ヲ爲シタル第一審判決ニ對シ上告アリタル場合ニ於テ上告裁判所外國ト通謀シ又ハ外國ニ利益ヲ與フル目的ヲ以テ犯シタルモノニ非ザルコトヲ疑フニ足ルベキ顯著ナル事由アルモノト認ムルトキハ判決ヲ以テ原判決ヲ破毀シ事件ヲ管轄控訴裁判所ニ移送スベシ

第十六條ニ掲グル罪ヲ犯シタルモノト認メタル第一審判決ニ對シ上告アリタル場合ニ於テ上告裁判所同條ニ掲グル罪ヲ犯シタルモノニ非ザルコトヲ疑フニ足ルベキ顯著ナル事由ア

第三十一條　辯護人ハ審判ヲ公開シタル公判廷ニ於テ口頭辯論ヲ爲ス場合ニハ國家機密、軍事上ノ祕密、軍用資源祕密又ハ官廳指定ノ總動員業務ニ關スル官廳ノ機密ヲ陳述スルコトヲ得ズ此ノ場合ニ於テ辯護人ハ其ノ事項ヲ記載シタル書面ヲ提出シテ陳述ニ代フルコトヲ得

第三十二條　辯護人ハ訴訟ニ關スル書類ノ謄寫ヲ爲サントスルトキハ裁判長又ハ豫審判事ノ許可ヲ受クルコトヲ要ス

辯護人ノ訴訟ニ關スル書類ノ閱覽ハ裁判長又ハ豫審判事ノ指定シタル場所ニ於テ之ヲ爲スベシ

第三十三條　第十六條第一項ニ揭グル罪又ハ外國ト通謀シ若ハ外國ニ利益ヲ與フル目的ヲ以テ同條第二項ニ揭グル罪ヲ犯シタルモノト認メタル第一審ノ判決ニ對シテハ控訴ヲ爲スコトヲ得ズ

一三

違反シ當該禁止又ハ制限ニ係ル區域ニ侵入シタル場合ニ於テ檢事搜査ノ爲必要アルトキハ

其ノ船舶若ハ航空機ニ對シ指定ノ場所ニ廻航スベキコトヲ命ジ若ハ之ヲ抑留シ又ハ其ノ船

舶若ハ航空機ノ長、乘組員及乘客ニ對シ指定ノ場所ニ滯留スベキコトヲ命ズルコトヲ得

檢事ハ前項ノ規定ニ依ル處分ヲ司法警察官ニ命令スルコトヲ得

前二項ノ規定ハ第十六條ノ規定スル罪以外ノ罪ニ關スル事件ニ付亦之ヲ適用ス

第二十九條　辯護人ハ司法大臣ノ豫メ指定シタル辯護士ノ中ヨリ之ヲ選任スベシ但シ刑事訴

訟法第四十條第二項ノ規定ノ適用ヲ妨ゲズ

第三十條　辯護人ノ數ハ被告人一人ニ付二人ヲ超ユルコトヲ得ズ

辯護人ノ選任ハ最初ニ定メタル公判期日ニ係ル召喚狀ノ送達ヲ受ケタル日ヨリ十日ヲ經過

シタルトキハ之ヲ爲スコトヲ得ズ但シ已ムコトヲ得ザル事由アル場合ニ於テ裁判所ノ許可

ヲ受ケタルトキハ此ノ限ニ在ラズ

第二十六條　檢事ハ公訴提起前ニ限リ押收、搜索若ハ檢證ヲ爲シ又ハ其ノ處分ヲ他ノ檢事ニ囑託シ若ハ司法警察官ニ命令スルコトヲ得

檢事ハ公訴提起前ニ限リ鑑定、通譯若ハ翻譯ヲ命ジ又ハ其ノ處分ヲ他ノ檢事ニ囑託シ若ハ司法警察官ニ命令スルコトヲ得

前條第三項ノ規定ハ押收、搜索又ハ檢證ノ調書及鑑定人、通事又ハ翻譯人ノ訊問調書ニ付之ヲ準用ス

第十七條第二項及第三項ノ規定ハ鑑定、通譯及翻譯ニ付之ヲ準用ス

第二十七條　刑事訴訟法中被告人ノ召喚、勾引及勾留、被告人及證人ノ訊問、押收、搜索、檢證、鑑定、通譯竝ニ翻譯ニ關スル規定ハ別段ノ規定アル場合ヲ除クノ外被疑事件ニ付之ヲ準用ス但シ保釋及責付ニ關スル規定ハ此ノ限ニ在ラズ

第二十八條　外國船舶又ハ外國航空機法律又ハ之ニ基キテ發スル命令ニ依ル禁止又ハ制限ニ

一一

第二十三條　勾留ノ事由消滅シ其ノ他勾留ヲ繼續スルノ必要ナシト思料スルトキハ檢事ハ速

ニ被疑者ヲ釋放シ又ハ司法警察官ヲシテ之ヲ釋放セシムベシ

第二十四條　檢事ハ被疑者ノ住居ヲ制限シテ勾留ノ執行ヲ停止スルコトヲ得

刑事訴訟法第百十九條第一項ニ規定スル事由アル場合ニ於テハ檢事ハ勾留ノ執行停止ヲ取

消スコトヲ得

第二十五條　檢事ハ被疑者ヲ訊問シ又ハ其ノ訊問ヲ司法警察官ニ命令スルコトヲ得

檢事ハ公訴提起前ニ限リ證人ヲ訊問シ又ハ其ノ訊問ヲ他ノ檢事ニ囑託シ若ハ司法警察官ニ

命令スルコトヲ得

司法警察官檢事ノ命令ニ因リ　被疑者又ハ證人ヲ訊問　シタルトキハ　命令ヲ爲シタル　檢事ノ

職、氏名及其ノ命令ニ因リ訊問シタル旨ヲ訊問調書ニ記載スベシ

第十七條第二項及第三項ノ規定ハ證人訊問ニ付之ヲ準用ス

一〇

シ又ハ共ノ勾留ヲ司法警察官ニ命令スルコトヲ得

第十七條第二項ノ規定ハ檢事ノ命令ニ因リ司法警察官ノ發スル勾留狀ニ付之ヲ準用ス

第二十一條　勾留ニ付テハ警察官署又ハ憲兵隊ノ留置場ヲ以テ監獄ニ代用スルコトヲ得

第二十二條　勾留ノ期間ハ二月トス特ニ繼續ノ必要アルトキハ區裁判所檢事ハ檢事正ノ許可、地方裁判所檢事ハ檢事長ノ許可ヲ受ケ一月每ニ之ヲ更新スルコトヲ得但シ通ジテ四月ヲ超ユルコトヲ得ズ

治安維持法ノ罪ニ付特ニ繼續ノ必要アルトキハ檢事長ノ許可ヲ受ケ一月每ニ勾留ノ期間ヲ更新スルコトヲ得但シ通ジテ一年ヲ超ユルコトヲ得ズ

檢事總長又ハ其ノ指揮ヲ受ケタル　檢事刑法第七十三條、第七十五條又ハ第七十七條乃至第七十九條ノ罪ノ搜查ノ爲特ニ繼續ノ必要アルトキハ一月每ニ勾留ノ期間ヲ更新スルコトヲ得但シ通ジテ六月ヲ超ユルコトヲ得ズ

九

檢事ノ命令ニ因リ司法警察官ノ發スル召喚狀ニハ　命令ヲ爲シタル　檢事ノ職、氏名及其ノ命

令ニ因リ之ヲ發スル旨ヲモ記載スヘシ

召喚狀ノ送達ニ關スル裁判所書記及執達更ニ屬スル職務ハ司法警察官更ニ之ヲ行フコトヲ得

第十八條　被疑者正當ノ事由ナクシテ前條ノ規定ニ依リ召喚ニ應ゼズ又ハ刑事訴訟法第八十

七條第一項各號ニ規定スル事由アルトキハ檢事ハ被疑者ヲ勾引シ又ハ其ノ勾引ヲ他ノ檢事

ニ囑託シ若ハ司法警察官ニ命令スルコトヲ得

前條第二項ノ規定ハ檢事ノ命令ニ因リ司法警察官ノ發スル勾引狀ニ付之ヲ準用ス

第十九條　勾引シタル被疑者ハ指定セラレタル場所ニ引致シタル時ヨリ四十八時間内ニ檢事

又ハ司法警察官之ヲ訊問スヘシ其ノ時間内ニ勾留狀ヲ發セザルトキハ檢事ハ被疑者ヲ釋放

シ又ハ司法警察官ヲシテ之ヲ釋放セシムベシ

第二十條　刑事訴訟法第八十七條第一項各號ニ規定スル事由アルトキハ檢事ハ被疑者ヲ勾留

乃至第十一章、第十五章乃至第十八章、第二十六章、第二十七章及第四十章、朝鮮刑事令第

三條、陸軍刑法第二編第一章(前項第二號ニ揭グル罪ヲ除ク)、第八章及第百條、治安維持法、大正十五年

法律第二編第一章(前項第二號ニ揭グル罪ヲ除ク)、第八章及第九十九條、海軍刑

法律第六十號(暴力行爲等處罰ニ關スル法律)、爆發物取締罰則、匪徒刑罰令(明治三十一年

律令第二十四號)不穩文書臨時取締法、通貨及證券模造取締法、通貨及證券模造取締規則

(明治三十六年律令第十四號)明治三十八年法律第六十六號(外國ニ於テ流通スル貨幣紙幣

銀行券證券僞造變造及模造ニ關スル法律)、治安警察法、大正八年制令第七號(政治ニ關ス

ル犯罪處罰ノ件)、外國爲替管理法、關稅法、昭和十二年法律第九十二號(輸出入品等ニ關ス

ル臨時措置ニ關スル法律)、船舶法、航空法、電信法、無線電信法竝ニ國家總動員法(前項第

二號ニ揭グル罪ヲ除ク)ノ罪

第十七條　檢事ハ被疑者ヲ召喚シ又ハ其ノ召喚ヲ司法警察官ニ命令スルコトヲ得

七

一　第三條乃至第十三條ノ罪

二　軍機保護法第二條乃至第七條及此等ニ關スル第十五條乃至第十七條、軍用資源秘密保護法第十一條乃至第十五條、第十九條、刑法第二編第三章、陸軍刑法第二十七條乃至第二十九條及此等ニ關スル第三十一條、第三十二條、第三十四條、海軍刑法第二十二條乃至第二十四條及此等ニ關スル第二十六條、第二十七條、第二十九條竝ニ國家總動員法第四十四條ノ罪

本章ノ規定ハ外國ト通謀シ又ハ外國ニ利益ヲ與フル目的ヲ以テ犯シタル左ニ掲グル罪ニ關スル事件ニ付亦之ヲ適用ス

軍機保護法(前項第二號ニ掲グル罪ヲ除ク)、軍用資源秘密保護法(前項第二號ニ掲グル罪ヲ除ク)、要塞地帶法、陸軍輸送港域軍事取締法、明治二十三年法律第八十三號(軍港要港規則違犯者處分ノ件)軍用電氣通信法、國境取締法、刑法第二編第一章、第二章、第四章、第八章

六

第十四條　第四條第一項、第八條、第十一條乃至前條ノ罪ヲ犯シタル者未ダ官ニ發覺セザル前自首シタルトキハ其ノ刑ヲ減輕シ又ハ免除スルコトヲ得

第十五條　本章ニ規定スル犯罪行爲ヲ組成シタル物、其ノ犯罪行爲ニ供シ若ハ供セントシタル物又ハ其ノ犯罪行爲ヨリ生ジ若ハ之ニ因リ得タル物ハ其ノ物犯人以外ノ者ニ屬セザルトキニ限リ之ヲ沒收ス裁判ニ依リ沒收スル場合ヲ除クノ外何人ノ所有タルヲ問ハズ檢事之ヲ沒取スルコトヲ得

前項ノ犯罪行爲ノ報酬トシテ得タル物及同項ニ揭グル物ノ對價トシテ得タル物ハ其ノ物犯人以外ノ者ニ屬セザルトキニ限リ之ヲ沒收ス其ノ全部又ハ一部ヲ沒收スルコト能ハザルトキハ其ノ價額ヲ追徵ス

第二章　刑事手續

第十六條　本章ノ規定ハ左ニ揭グル罪ニ關スル事件ニ付之ヲ適用ス

五

第十一條　第三條乃至第五條、第八條、第九條及前條第一項ノ未遂罪ハ之ヲ罰ス

第十二條　第三條乃至第五條、第九條又ハ第十條第一項ノ罪ヲ犯スコトヲ教唆シタル者ハ被教唆者其ノ實行ヲ爲スニ至ラザルトキハ十年以下ノ懲役ニ處ス

第三條乃至第五條、第九條又ハ第十條第一項ノ罪ヲ犯サシムル爲他人ヲ誘惑シ又ハ煽動シタル者ノ罰亦前項ニ同ジ

第八條ノ罪ヲ犯スコトヲ教唆シタル者ハ被教唆者其ノ實行ヲ爲スニ至ラザルトキハ三年以下ノ懲役ニ處ス

第八條ノ罪ヲ犯サシムル爲他人ヲ誘惑シ又ハ煽動シタル者ノ罰亦前項ニ同ジ

第十三條　第三條乃至第五條、第九條又ハ第十條第一項ノ罪ヲ犯ス目的ヲ以テ其ノ豫備又ハ陰謀ヲ爲シタル者ハ五年以下ノ懲役ニ處ス

第八條ノ罪ヲ犯ス目的ヲ以テ其ノ豫備又ハ陰謀ヲ爲シタル者ハ二年以下ノ懲役ニ處ス

四

第七條　業務ニ因リ國家機密ヲ知得シ又ハ領有シタル者過失ニ因リ之ヲ外國ニ漏泄シ又ハ公ニシタルトキハ三年以下ノ禁錮又ハ三千圓以下ノ罰金ニ處ス

第八條　國防上ノ利益ヲ害スベキ用途ニ供スル目的ヲ以テ又ハ其ノ用途ニ供セラルル虞アルコトヲ知リテ外國ニ通報スル目的ヲ以テ外交、財政、經濟其ノ他ニ關スル情報ヲ探知シ又ハ收集シタル者ハ十年以下ノ懲役ニ處ス

第九條　外國ト通謀シ又ハ外國ニ利益ヲ與フル目的ヲ以テ治安ヲ害スベキ事項ヲ流布シタル者ハ無期又ハ一年以上ノ懲役ニ處ス

第十條　外國ト通謀シ又ハ外國ニ利益ヲ與フル目的ヲ以テ金融界ノ攪亂、重要物資ノ生產又ハ配給ノ阻害其ノ他ノ方法ニ依リ國民經濟ノ運行ヲ著シク阻害スル虞アル行爲ヲ爲シタル者ハ無期又ハ一年以上ノ懲役ニ處ス

前項ノ罪ヲ犯シタル者ニハ情狀ニ因リ十萬圓以下ノ罰金ヲ併科スルコトヲ得

三

第三條　業務ニ因リ國家機密ヲ知得シ又ハ領有シタル者之ヲ外國（外國ノ爲ニ行動スル者及

外國人ヲ含ム以下之ニ同ジ）ニ漏泄シ又ハ公ニシタルトキハ　死刑又ハ　無期若ハ三年以上ノ

懲役ニ處ス

第四條　外國ニ漏泄シ又ハ公ニスル目的ヲ以テ國家機密ヲ探知シ又ハ收集シタル者ハ一年以

上ノ有期懲役ニ處ス

前項ノ目的ヲ以テ國家機密ヲ探知シ又ハ收集シタル者之ヲ外國ニ漏泄シ又ハ公ニシタルト

キハ死刑又ハ無期若ハ三年以上ノ懲役ニ處ス

第五條　前二條ニ規定スル原由以外ノ原由ニ因リ國家機密ヲ知得シ又ハ領有シタル者ヲ外

國ニ漏泄シ又ハ公ニシタルトキハ無期又ハ一年以上ノ懲役ニ處ス

第六條　業務ニ因リ國家機密ヲ知得シ又ハ領有シタル者之ヲ他人ニ漏泄シタルトキハ五年以

下ノ懲役又ハ五千圓以下ノ罰金ニ處ス

二

法律第四十九號

國防保安法

第一章　罪

第一條　本法ニ於テ國家機密トハ國防上外國ニ對シ祕匿スルコトヲ要スル外交、財政、經濟其ノ他ニ關スル重要ナル國務ニ係ル事項ニシテ左ノ各號ノ一ニ該當スルモノ及之ヲ表示スル圖書物件ヲ謂フ

一　御前會議、樞密院會議、閣議又ハ之ニ準ズベキ會議ニ付セラレタル事項及其ノ會議ノ議事

二　帝國議會ノ祕密會議ニ付セラレタル事項及其ノ會議ノ議事

三　前二號ノ會議ニ付スル爲準備シタル事項其ノ他ノ行政各部ノ重要ナル機密事項

第二條　本章ノ罰則ハ何人ヲ問ハズ本法施行地外ニ於テ罪ヲ犯シタル者ニ付亦之ヲ適用ス

一

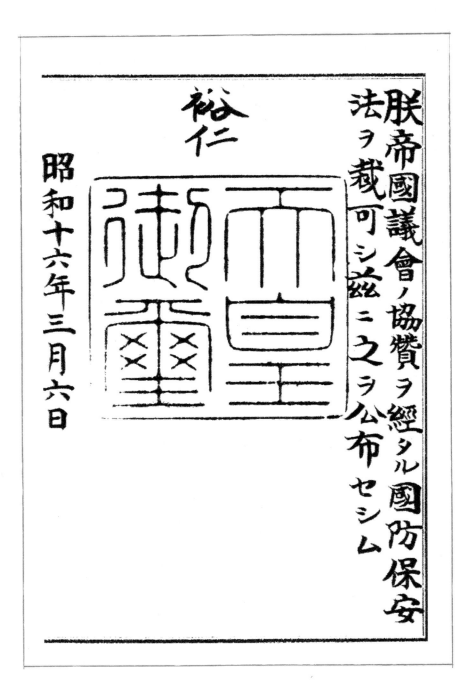

朕帝國議會ノ協贊ヲ經タル國防保安
法ヲ裁可シ茲ニ之ヲ公布セシム

裕仁

昭和十六年三月六日

滋樺第四十九號

第二十六條　朝鮮、臺灣又ハ樺太ニ於テハ本法ニ規定スル主務大臣ノ職權ハ勅令ノ定ムル官廳之ヲ行フ

本法施行ノ期日ハ勅令ヲ以テ之ヲ定ム

二

者、雇人其ノ他ノ從業者ガ其ノ業務ニ關シ 第十七條又ハ第十八條第二項ノ違反行爲ヲ爲シ

タルトキハ自己ノ指揮ニ出デザルノ故ヲ以テ其ノ處罰ヲ免ルルコトヲ得ズ

第二十二條　第十七條及第十八條第二項ノ罰則ハ其ノ者ガ法人ナルトキハ理事、取締役其ノ

他ノ法人ノ業務ヲ執行スル役員ニ、未成年者又ハ禁治產者ナルトキハ其ノ法定代理人ニ之

ヲ適用ス但シ營業ニ關シ成年者ト同一ノ能力ヲ有スル未成年者ニ付テハ此ノ限ニ在ラズ

第二十三條　本法ノ罰則ハ何人ヲ間ハズ 本法施行地外ニ於テ罪ヲ犯シタル者ニ亦之ヲ適用

ス

第二十四條　軍用資源祕密ハ勅令ノ定ムル所ニ依リ政府ノ許可ヲ受ケタルトキハ之ヲ他人ニ

開示シ若ハ交付シ又ハ公ニスルコトヲ妨ゲズ

第二十五條　軍用資源祕密ニシテ官廳ノ管理ニ屬スルモノニ係ル標記及祕匿ノ措置ニ關シテ

ハ勅令ノ定ムル所ニ依ル

〇。

第十六條　第六條ノ規定ニ依ル禁止又ハ制限ニ違反シタル者ハ六月以下ノ懲役又ハ五百圓以

下ノ罰金ニ處ス

第十七條　第五條ノ規定ニ依ル命令ニ違反シタル者ハ三千圓以下ノ罰金ニ處ス

第十八條　第七條ノ規定ニ依ル制限ニ違反シタル者及第九條ノ規定テ依ル立入若ハ檢査ヲ拒

ミ、妨ゲ若ハ忌避シ又ハ質問ニ對シ答辯ヲ爲サズ若ハ虚僞ノ陳述ヲ爲シタル者ハ五百圓以

下ノ罰金ニ處ス

第九條ノ規定ニ依ル報告ヲ爲サズ又ハ虚僞ノ報告ヲ爲シタル者亦前項ニ同ジ

第十九條　第十一條及第十二條ノ未遂罪ハ之ヲ罰ス

第二十條　第十一條、第十五條又ハ前條ノ罪ヲ犯シタル者未ダ官ニ發覺セザル　前自首シタル

トキハ其ノ刑ヲ減輕シ又ハ免除ス

第二十一條　第五條ノ規定ニ依リ秘匿ノ措置ヲ命ゼラレタル者ハ其ノ代理人、戸主,家族,同居

九

若ハ外國ノ爲ニ行動スル者ニ漏泄シ又ハ公ニシタルトキハ十年以下ノ懲役ニ處ス

第十三條　業務ニ因リ軍用資源祕密ヲ知得シ又ハ領有シタル者之ヲ外國人ニ漏泄シタルトキハ二年以下ノ懲役又ハ二千圓以下ノ罰金ニ處ス

前項ニ規定スル原由以外ノ原由ニ因リ軍用資源祕密ヲ知得シ又ハ領有シタル者之ヲ外國人ニ漏泄シタルトキハ一年以下ノ懲役又ハ千圓以下ノ罰金ニ處ス

第十四條　第二條又ハ第十五號ニ該當スル軍用資源祕密ヲ知得シ又ハ領有シタル者之ヲ他人ニ漏泄シタルトキハ六月以下ノ懲役又ハ五百圓以下ノ罰金ニ處ス

第十五條　軍用資源祕密ヲ外國又ハ外國ノ爲ニ行動スル者ニ漏泄スル爲之ヲ探知シ　收集シ又ハ漏泄スルコトヲ目的トシテ團體ヲ組織シタル者又ハ其ノ團體ノ指導者タル任務ニ從事シタル者ハ五年以下ノ懲役ニ處ス

情ヲ知リテ前項ノ團體ニ加入シタル者ハ二年以下ノ懲役ニ處ス

ス

前項ノ規定ニ依ル補償金額ニ付不服アル者ハ其ノ補償金額ノ通知ヲ受ケタル日ヨリ三月以

内ニ通常裁判所ニ出訴スルコトヲ得

第十一條　外國若ハ外國ノ為ニ行動スル者ニ漏泄シ又ハ公ニスル目的ヲ以テ軍用資源祕密ヲ

探知シ又ハ收集シタル者ハ十年以下ノ懲役ニ處ス

第十二條　業務ニ因リ軍用資源祕密ヲ知得シ又ハ領有シタル者之ヲ外國若ハ外國ノ為ニ行動

スル者ニ漏泄シ又ハ公ニシタルトキハ一年以上ノ有期懲役ニ處ス

外國若ハ外國ノ為ニ行動スル者ニ漏泄シ又ハ公ニスル目的ヲ以テ軍用資源祕密ヲ探知シ又

ハ收集シタル者之ヲ外國若ハ外國ノ為ニ行動スル者ニ漏泄シ又ハ公ニシタルトキ亦前項ニ

同ジ

前二項ニ規定スル原由以外ノ原由ニ因リ軍用資源祕密ヲ知得シ又ハ領有シタル者之ヲ外國

七

キハ命令ヲ以テ之ニ付立入又ハ測量、撮影、模寫、模造若ハ錄取又ハ其ノ複寫若ハ複製ヲ禁

止シ又ハ制限スルコトヲ得

第七條　政府ハ軍用資源祕密ヲ祕匿スル爲特ニ必要アルトキハ勅令ノ定ムル所ニ依リ軍用資

源祕密ヲ記載スル登記簿ノ閲覧又ハ謄本若ハ抄本ノ交付ヲ制限スルコトヲ得

第八條　政府ハ第二條第二號又ハ第十五號ニ該當スル軍用資源祕密ヲ祕置スル爲特ニ必要ア

ルトキハ勅令ノ定ムル所ニ依リ法令ニ基ク出願、申請、報告、屆出等ヲ爲シ又ハ立入、檢査、

質問等ヲ受クル場合ニ付軍用資源祕密ノ開示又ハ交付ヲ禁止シ又ハ制限スルコトヲ得

第九條　陸軍大臣又ハ海軍大臣ハ第五條ノ規定ニ依ル命令ニ係ル事項ニ關シ當該設備ノ管理

者又ハ之ニ準ズベキ者ニ對シ報告ヲ命ジ又ハ當該官吏ヲシテ必要ナル場所ニ立入リ、檢査

ヲ爲シ若ハ關係者ニ對シ質問ヲ爲サシムルコトヲ得

第十條　政府ハ勅令ノ定ムル所ニ依リ第五條ノ規定ニ依ル命令ニ因リ生ジタル損失ヲ補償

第三條　軍用資源祕密トシテ祕匿スルノ要ナキニ至リタルモノニ付テハ其ノ指定ヲ解除ス

前條ノ規定ハ前項ノ規定ニ依ル解除ノ場合ニ之ヲ準用ス

軍用資源祕密ニ關シ政府ノ公表シタルモノアルトキハ勅令ノ定ムル所ニ依リ其ノ內容ト爲

リタル部分ニ限リ其ノ指定ノ解除アリタルモノト看做ス

第四條　陸軍大臣又ハ海軍大臣ハ勅令ノ定ムル所ニ依リ軍用資源祕密ニ屬スル圖書物件ニ

定ノ標記ヲ附セシムルコトヲ得

第五條　陸軍大臣又ハ海軍大臣ハ第二條第十五號ニ該當スル軍用資源祕密ニ屬スル設備ヲ祕

匿スル爲必要アルトキハ其ノ管理者又ハ之ニ準ズベキ者ニ對シ當該設備ノ遮蔽其ノ他之ヲ

祕匿スルニ必要ナル措置ヲ命ズルコトヲ得

第六條　陸軍大臣又ハ海軍大臣（官廳ノ管理ニ屬スルモノニ付テハ勅令ノ定ムル所ニ依リ主

務大臣）ハ第二條第十五號ニ該當スル軍用資源祕密ニ屬スル設備ヲ祕匿スル爲必要アルト

五

及其ノ内容

四

十　軍用ニ供スル重要ナル飛行場又ハ其ノ附屬設備ニ關スル重要ナル記錄圖表及其ノ内容

十一　軍用ニ供スル船舶ニ於ケル特殊設備ニ關スル重要ナル記錄圖表及其ノ内容

十二　軍用ニ供スル重要ナル通信連絡系統及其ノ通信能力、此等ヲ表示スル圖書物件竝ニ
軍用ニ供スル重要ナル通信設備又ハ其ノ設備ノ通信能力若ハ連絡系統ニ關スル重要ナル
記錄圖表及其ノ内容

十三　陸軍大臣若ハ海軍大臣ノ命令若ハ委囑ニ依ル重要ナル試驗研究又ハ軍事上祕匿ヲ要
スル發明考案ニ關スル事項及圖書物件

十四　軍事上祕匿ヲ要スル氣象ニ關スル重要ナル事項及圖書物件

十五　特ニ祕匿ノ措置ヲ要スル　第二號乃至第五號及第九號乃至第十二號ニ規定スル設備、
第十三號ノ試驗研究ニ關スル設備竝ニ此等ノ機構及性能竝ニ此等ヲ表示スル圖書物件

五　政府ガ貯藏セシメタル軍用ニ供スル重要ナル物資ノ貯藏額、政府ガ當該物資ヲ貯藏セ
シメタル貯藏設備ノ貯藏能力、政府ノ決定シタル當該物資ノ貯藏命令等ニ係ル貯藏計畫
竝ニ此等ヲ表示スル圖書物件。

六　全國若ハ一地方又ハ重要ナル港灣ニ於ケル軍用ニ供スル重要ナル物資ノ輸入額及政府
ノ決定シタル輸入計畫竝ニ此等ヲ表示スル圖書物件

七　全國又ハ一地方ニ於ケル軍用ニ供スル特殊技能者其ノ他ノ重要ナル人的資源ノ總數又
ハ種類別數及此等ヲ表示スル圖書物件

八　全國又ハ一地方ニ於ケル軍用ニ供スル航空機、自動車又ハ馬ノ總數又ハ種類別數及此
等ヲ表示スル圖書物件

九　軍用ニ供スル重要ナル鐵道ノ輸送能力及輸送能力判定資料タル輸送統計、此等ヲ表示
スル圖書物件竝ニ軍用ニ供スル重要ナル鐵道ノ施設又ハ車輛ニ關スル重要ナル記錄圖表

三.

二

二　兵器ヲ生産スル工場事業場又ハ之ニ轉用スルコトヲ得ル工場事業場ノ當該兵器ノ生産額、生産能力竝ニ生産能力判定資料タル重要ナル設備ノ種類別數及其ノ設備ニ屬スル從業者ノ總數(之ヲ判定シ得ベキ比率ヲ含ム以下之ニ同ジ)又ハ種類別數竝ニ此等ヲ表示スル圖書物件

三　兵器以外ノ軍用ニ供スル重要ナル物資ヲ生産スル工場事業場又ハ之ニ轉用スルコトヲ得ル工場事業場ノ當該物資ノ生産額、生産能力、生産能力判定資料タル重要ナル設備ノ種類別數及其ノ設備ニ屬スル從業者ノ總數又ハ種類別數竝ニ政府ノ決定シタル生産計畫竝ニ此等ヲ表示スル圖書物件

四　全國又ハ一地方ニ於ケル軍用ニ供スル重要ナル物資ノ貯藏額及貯藏設備ノ貯藏能力、此等ノ判定資料タル重要ナル貯藏設備ノ當該物資ノ貯藏額及貯藏能力、政府ノ決定シタル當該物資ノ貯藏計畫竝ニ此等ヲ表示スル圖書物件

法律第二十五號

軍用資源祕密保護法

第一條　本法ハ國防目的達成ノ爲軍用ニ供スル（軍用ニ供スベキ場合ヲ含ム以下之ニ同ジ）人的及物的資源ニ關シ外國ニ祕匿スルコトヲ要スル事項ノ漏洩ヲ防止スルヲ以テ目的トス

第二條　陸軍大臣又ハ海軍大臣（官廳ノ管理ニ屬スルモノニ係ルトキハ勅令ノ定ムル所ニ依リ主務大臣）ハ左ニ揭グルモノニ就キ命令ヲ以テ軍用資源祕密ヲ指定ス　但シ公示ヲ不適當トスルモノニ係ル指定ハ當該事項又ハ圖書物件ノ管理者又ハ之ニ準ズベキ者ニ對スル通知ヲ以テ之ヲ爲ス

一　全國（關東州及南洋群島ヲ含ム以下之ニ同ジ）又ハ一地方ニ於ケル軍用ニ供スル重要ナル物資ノ生產額、生產能力、生產能力判定資料タル設備ノ種類別數（之ヲ判定シ得ベキ比率ヲ含ム以下之ニ同ジ）及政府ノ決定シタル生產計畫竝ニ此等ヲ表示スル圖書物件

一

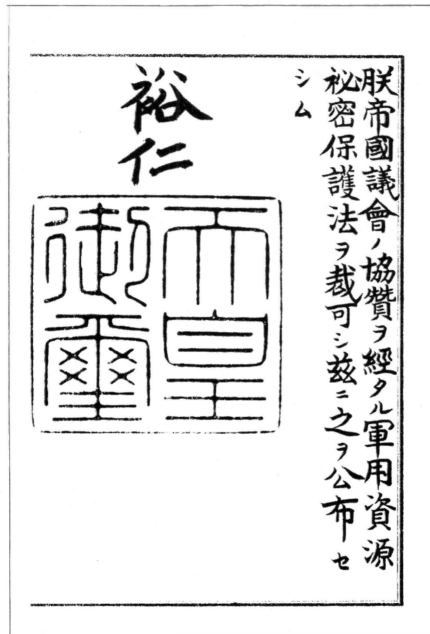

朕帝國議會ノ協贊ヲ經タル軍用資源祕密保護法ヲ裁可シ茲ニ之ヲ公布セシム

裕仁

法律第二十五號

제5부

昭和十四年十一月六日印刷
昭和十四年十一月八日發行

（非賣品）

不許
複製

朝鮮總督府警務局保安課編纂

印刷所

京城府太平通一丁目三二
株式
會社 每 日 新 報 社

（六）防共防諜紙芝居實施狀況表　（昭和十四年九月末現在）

道　名	實施度數			集合人員			合計	
	防共	防諜	計	防共	防諜	計	度數	人員
京畿道	二、〇〇九	一〇四	二、一〇三	一九三、二六五	九六、八六〇	二九〇、一二五	三、一〇三	二九〇、一二五
忠淸北道	五四	一九	五三	三三、〇八四	三五、一〇	三五、七一四	五三	三五、七一四
忠淸南道	六〇〇	五五	一、六五	四四、三七	八三、九六八	一、二八五	一、二八五	一二八、六五
全羅北道	一、四六	一二三	二、五五九	九七、二〇七	七六、二四八	一七三、四四五	二、五五九	一七三、四四五
全羅南道	九四二	一〇四	一、九六六	五三、二九三	五九、七三四	一一二、〇三七	一、九六六	一一二、〇三七
慶尙北道	五四	三九	四一、三六	四一、二三六	六六、二八九	八〇三	八〇三	六四、二八九
慶尙南道	一、〇一二	七四	一、九三六	五八、二三六	四三、四四〇	一、七三五	一、七三五	一四三、四四〇
黃海道	七二三	二一〇	三三、六八	三三、二六八	九四、七六二	二、八三六	二、八三六	一二八、七六二
平安南道	一、三六	二一〇	二、五六五	八一、四三	三五、六四〇	二、六〇三	二、六〇三	一一六、六四〇
平安北道	一、三二七	四九五	二、五二四	九六、八〇〇	一六、九七六	五〇、七七六	五〇、七七六	一一六、九七六
江原道	四五四	九一三	二、七五五	二七、五五四	五三、二四	九一三	九一三	五三、二四
咸鏡南道	二、四七	三、〇二三	五、〇二三	三、三二四	二六、四六	五、〇二三	五、〇二三	三六、八六九
咸鏡北道	一、五八〇	一、三六五	二、六六六	二九、六三〇	二六、六六六	二、六六六	二、六六六	三六、六六九
合計	一、〇四七	一二九	四〇、八四	四〇、八四〇	八四、五二	二、八九六	二、八九六	八四、五二〇
合計	一四、六四〇	三、六七〇	二六、三一〇	一、四五、〇八〇	九六八、一九	一、八四、三	二六、二八六	一、八四、三一三

（五） 防共團の勤勞奉仕作業表 （昭和十四年九月末現在）

道　名	防共團（部）數	勤勞奉仕 出役團（部）數	出役度數	出役人員	備　考
京畿道	三〇七	二三一	三七一	五一〇一六	
忠淸北道	三六	二八	三二	一、一三七	
忠淸南道	一五	五一	七五	一六、〇九二	
全羅北道	六九	六一	八三	一六、五九七	
全羅南道	三三一	三二一	四、〇八八	九八、九二一	
慶尙北道	八六	七五	一七一	一〇二二〇	
慶尙南道	一一九	一四	一五一	一、七一六	
黃海道	八六	六二	一〇八	三三、六三八	
平安北道	一〇二	一〇三	二八一	三三、八三一	
平安南道	三三六	八五	一七三	一六、三五〇	
江原道	一四七	一八一	四〇一	二三、五二七	
咸鏡南道	五三二	四八四	二二一七	一〇二、五四五	
咸鏡北道	七三	六九	三、七六四	一九四、四八九	
合　計	二、九〇六	二、四七六	二、八一六	五六、七〇六〇	計數ノ合致セザルハ明鴨會面支部ニ於テ出役セルヲ計上シタルニ依ル

七一

（四）ポスター宣傳ビラの配布狀況表（昭和十四年九月末現在）

道 名	ポスター配布數			宣傳ビラ配布數			合　計	
	防共	防諜	計	防共	防諜	計	ポスター	宣傳ビラ
京畿道	二七,一七六	二二,四七六	四九,六五二	二四,四四二	一四,五六七	三八,八〇九	四九,六五二	三八,八〇九
忠清北道	四,八三一	二,九五七	七,七八八	一三,四一〇	五,〇六九	一八,四七九	七,七八八	一八,四七九
忠清南道	二,四四六	一,八三七	四,二八三	一七,六一一	七,二一八	二四,八二九	四,二八三	二四,八二九
全羅北道	五,六六八	三,四一三	九,〇八一	六六,四四〇	六二,六八六	一二九,一二六	九,〇八一	一二九,一二六
全羅南道	六,〇八二	五,二〇七	一一,二八九	一九五,四四九	一三九,四九三	三三四,九四二	一一,二八九	三三四,九四二
慶尙北道	六,一五〇	六,三一一	一二,四六一	七一,九二六	五一,八四三	一二三,七六九	一二,四六一	一二三,七六九
慶尙南道	七,六五〇	一四,二三〇	二一,八八〇	一〇六,二〇三	七一,二五四	一七七,四五七	二一,八八〇	一七七,四五七
黃海道	二七,二六五	二,九一六	三〇,一八一	四一〇,六七三	三五,七三二	四四六,四〇五	三〇,一八一	四四六,四〇五
平安北道	三,四二七	六,二九七	九,七二四	六七,一三二	五五,一〇九	一二二,二四一	九,七二四	一二二,二四一
平安南道	五,三三〇	四,六六〇	一〇,〇〇〇	四九,三五〇	五〇,六八〇	一〇〇,〇三〇	一〇,〇〇〇	一〇〇,〇三〇
江原道	五,二三九	六,七六三	一二,〇〇二	八,九一九	六〇,一三六	六九,〇五五	一二,〇〇二	六九,〇五五
咸鏡南道	七,四四七	五,七三二	一三,一七九	六七,〇四〇	五六,二一六	一三〇,二五六	一三,一七九	一三〇,二五六
咸鏡北道	二二,三二七	三,二五三	二五,五八〇	六八,二一一	六六,四五〇	一三四,六六一	二五,五八〇	一三四,六六一
合　計	一五一,二五九	一〇四,八六六	二五六,一二五	二七〇八,九九九	六八六,三六九	二六八八,三六八	二五六,一二五	二六八八,三六八

(三) 映畫演劇開催狀況表 　(昭和十四年九月末現在)

道名	開催度數					集合人員					合計		
	映畫	演劇	防共	防諜	計	映畫	演劇	防共	防諜	計	度數	人員	
京畿道	三二	四	四	五	四五	二,九三五	二,八五五	四二,六六六	七,二二一	二六,八四七	四一	四二,八三二	
忠淸北道	二	一	二	一七	八六	八六一	四五,〇七一	二	八五二	一,八七三			
忠淸南道	四	六	二〇	三〇	一,八三〇	六,一五〇	三一,二四六	二四,四七三	六二,五三九				
全羅北道	—	一	六	三六	五〇,二三五	五〇,二三五							
全羅南道	九二	五六	一六七	三三,二九二	一六,九七〇	五八,〇八〇	七,八二二	一一六,一六四					
慶尙北道	六	三	九	一三	一,八五二	六,七五〇	三,〇八五	九	六,八三五	二二,五五〇			
慶尙南道	八	三	一一	二七	二〇,五〇九	五,六二〇	二五,五二九	八,〇〇〇	五三,六五八				
黃海道	一〇	二	一二	三六	一七,六二九	三,六五〇	二一,二七九	一二	二一,二七九				
平安南道	一〇	六	一六	三三	一九,五〇〇	四,八〇〇	二四,三〇〇	一六	二四,三〇〇				
平安北道	三	一	四	四一	四,一〇八	一,五〇〇	五,六〇八	四二	六,六〇八				
江原道	八七	二	八九	一一六	五四,六七〇	一,〇〇〇	五五,六七〇	一〇七,二五五	一六二,九二五				
咸鏡南道	三九	二	五五	八〇二	三六,七三二	四,〇〇〇	四〇,七三二	二五五,四四六	二九六,一七八				
咸鏡北道	五一	三	八三	五六,三一五	一〇,七六九	六七,〇八四	二六,六二四	九三,七〇八					
合計	三七〇	八六九	一,二三九	三六二,五六七	九六,八四七	四五九,四一四	五〇一,三五五	九六一,九六五					

六九

(二) 防共、防諜講演會實施狀況表 （昭和十四年九月末現在）

道名	開催度數			聽講人員			合計	
	防共	防諜	計	防共	防諜	計	度數	人員
京畿道	五九	四三	一〇二	一〇七,三二二	六六,四五五	一七三,六八七	九九	一七,六八七
忠清北道	八二	九	九一	二〇,六六六	五,四五〇	二六,一一六	九一	二六,一一六
忠清南道	八六	四八	一三四	九,一五〇	四三,二一	五二,九三五	一三四	五二,九三五
全羅北道	—	—	—	—	—	—	—	—
全羅南道	—	一,七二	一,七二	二三,一二四	四〇,九二一	二三,一四	一,七二	二三,一四
慶尚北道	一,四〇	一,二〇	二,五四〇	七二,四五〇	一七,二六六	七一,二六六	二,五四〇	七一,二六六
慶尚南道	二,五四	二,六六	六,二〇	九九,八八八	三三,九四七	六二,二八七	六,二〇	六二,二八七
黄海道	二,三七	二,六六	六,二二	二八,三四〇	六一,二八七	六一,二八七	六,二二	六一,二八七
平安北道	三二〇	七一	三〇二	三二,二九	八,二一九	三九,二三八	二〇四	三九,二三八
平安南道	三〇一	七一	三〇一	一六,六九九	一六,七五一	一六,七五一	三〇一	一六,七五一
江原道	三二八	二六	五一九	一〇三,一八〇	二三,二九三	二三,二九三	五九	二三,二九三
咸鏡南道	二七	一九五	三一三	二九,五四四	四七,六八二	四七,六八二	二三	四七,六八二
咸鏡北道	六〇	六三二	六,四五七	六,八四七	六三,八六一	六三,八六一	六三二	六三,八六一
咸鏡南道	八六五	六二八	一〇,六四八	九五,六三三	九五,四六三	九五,四六〇	一,四三二	九五,四六〇
咸鏡北道	六五	五三二	一,三九六	八二,九五九	六八,四四一	一,三六	一,三六	一,三六
合計	六,七七七	四,六四四	三,六〇四	八九七,〇二六	五六九,六〇一	一,六六八,八六六	三,五四四	一,六六八,八八七

（一）防共、防諜、座談會實施狀況表　（昭和十四年九月末現在）

道名	實施回數 防共	防諜	計	集合人員 防共	防諜	計	合計 回數	集合人員
京畿道	二,〇六八	一,五七一	三,六三九	一九六,六六五	一五一,一七六	三四七,八四一	三,六三九	三四七,八四一
忠清北道	八六六	—	八六六	五八,一六三	—	八六六	五八,一六三
忠清南道	一,三二三	五三六	一,八五七	九二,一五〇	三六,八三六	一八七	一二九,二九二
全羅北道	—	九八二	九八二	—	五五,六五二	九八二	五五,六五二
全羅南道	二,六〇〇	二,一六六	四,七六七	一〇七,二九六	九四,五五四	四,七六七	二〇一,八四〇
慶尚北道	二,六一一	一,六〇四	四,四二五	八一,八一七	三五,九三五	四,四二五	二三五,九三五
慶尚南道	一,四〇一	六〇八	二,〇〇九	七六,八五五	二九,三〇五	一,四五〇	一〇六,一六〇
黃海道	二,三三六	五五六	一,九二一	六九,四〇七	二九,六一四	一,九二一	九九,〇二一
平安北道	一,六四〇	一,五五二	三,一九二	一〇〇,九五八	八六,八〇七	一,九二一	一八七,六五五
平安南道	三,〇六八	二,九〇〇	五,九六八	二二二,四六六	二九,五九六	五,九六八	三一九,三六六
江原道	二,四四五	二,二六八	四,七三二	一九三,八八一	一七一,八二一	四,七三二	二一七,六八二
咸鏡南道	四,二三三	二,五七二	六,六七五	七一〇,〇四三	一,二三〇,八二四	六,六七五	一,二三〇,八二四
咸鏡北道	四,七八二	三,六三二	八,一二五	三六五,三〇九	三六三,八〇六	八,一二五	三六五,三〇六
合計	二六,五五二	二九,六七四	五六,一〇五	一,八六八,五四一	一,三二五,三〇一	四,三六八,四二九	五六,一〇五	三,一八六,四一九

六七

防共 防諜デー實施狀況表 (其ノ二) (昭和十四年八月十五日)

道名	紙芝居 回數	紙芝居 集合人員	映畫演劇 回數	映畫演劇 集合人員	街頭行進 個所數	街頭行進 參加人員	ビラ 配布數	ポスター 配布數	左翼出版物燒棄數
京畿道	二九	四,五五五	二六	二六,三七〇	一四三	五〇,九五一	一七,六〇〇	三〇,〇四〇	—
忠清北道	一六	二,五五〇	三	三三,六〇〇	三〇	二七,八〇〇	二,九三〇	二,〇八〇	—
忠清南道	一三	一六,八〇〇	—	—	二〇	三,二四〇	三,〇〇〇	二,六〇〇	三
全羅北道	二六	二五,二三七	四一	一四,八五五	一五	七,八六八	七,六四〇	三,〇四〇	五一
全羅南道	二九	二〇,七四九	六	九,八三九	二六九	三三,五三一	八八,〇六二	六,七六二	四二
慶尙北道	二九	八,五五五	五	九,六〇〇	四三	三二,六一〇	三三,二六〇	三,三六〇	—
慶尙南道	一三	二二,五〇	九	六,九三六	三五	二四,九六六	三五,二〇〇	三,一六三	五
黃海道	—	二二,五〇	二〇	三三,〇〇〇	六	九,三四〇	三六,〇〇〇	二,六〇〇	—
平安北道	一七	六,五三〇	三	九,九七〇	三五	二六,六〇〇	三,一二〇	三,一三〇	一五四
平安南道	一六	八,四五五	一四	二三,一六七	二〇	一三,〇五一	九,三六〇	六,三五〇	—
江原道	一六	三,〇三〇	一五	二九,四四二	四五二	六六,四二〇	三,一五六	三,四一〇	三
咸鏡南道	—	—	七	二,六〇二	八二	二七,六〇〇	二,六〇〇	二,七〇四	—
咸鏡北道	—	—	四	四,五〇〇	二〇	一五,二三七	三,六六〇	三,〇四〇	—
合計	一,二四四	二七,九三	二一七	三七,四〇一	九五五	四二一,一〇九	六六八,六四五	五一,四九一	四四五

別紙(二) 防共、防諜デー實施狀況表 (其ノ一) (昭和十四年八月十五日)

道名	記念式ノ狀況 個所擧行	記念式ノ狀況 參加人員	勤勞奉仕作業 回數	勤勞奉仕作業 參加人員	講演會 回數	講演會 集合人員	座談會 回數	座談會 集合人員
京畿道	一五三	五〇,六二一	一九	四,三二四	一二四	二六,〇九六	一六	六,〇八〇
忠清北道	三一	三,〇五四	三	一,三五七	三	四,七六三	一七	七,一〇一
忠清南道	二一〇	三三,八八七	二〇四	二五,六四〇	二九	四八,七六三	三三	三三,六六六
全羅北道	八四	四二,三三二	四八	二一,七四五	六六	五五,〇四四	八三	六七,三二二
全羅南道	三一	九,八九三	二一	一〇,七四九	二九	五六,三三六	五,八三二	二四六,五四四
慶尚北道	一三四	三三,五九九	一〇一	七,六三七	三七	二六,四四七	一四	二九八,四四四
慶尚南道	二五	一四,九八六	一二	一〇,六七九	三一	三,〇一九		
黃海道	二九	一四,七五二			三五	二六,六九八		
平安南道	一五	一四,三六	一五	八,八三〇	四	五,九五四	二五	三,四八三
平安北道	一三	三三,〇九九	一六	九,三一五	一六	四一,二五	二〇	二六,四五四
江原道	一五	八一,六三一	一五	三,四六〇	七一	三三,二六六	二三	二〇,二四〇
咸鏡南道	六九	三三,四七〇	六〇	八,六五八	二五	二二,四五一	二六	二六,四二四
咸鏡北道	七一	三三,三九六	一七	九,三三七	四一	二四九	二九	二六,九二一
合計	一,〇五二	四五四,八六一	一,一五二	四〇七,六八一	一,五〇六	三六八,〇二七	三,二〇三	二三四,六六八

六五

（別紙一）防共、防諜デー實施狀況表　（昭和十三年十一月十日）

六四

道名	講演會		座談會		紙芝居		街頭行進	ビラ配布
	度數	集合人員	度數	集合人員	度數	集合人員	參加人員	布數
京畿道	三一	三三〇	一七	五,〇四三	一	三,八〇	三,〇〇〇	五,〇〇〇
忠清北道	九	六五三	一	一四二	九	三,八〇	四六三	一〇,八〇〇
忠清南道	一八	一,七八六	四二	一二,五二	一五	一〇,〇五五	二六,一五二	三五,四〇〇
全羅北道	三六	一七,六一六	三二	二〇,〇〇一	五	一,六六一	二五,三二四	三五,一三〇
全羅南道	三一	三,五八四	一五	二,五八四	七	一,六一	二六,六〇〇	四二,二〇〇
慶尚北道	七二	六,四〇四	一六	三,五八六	三	一,一一〇	一七,四二二	四二,三〇〇
慶尚南道	七四	四,九九〇	一六	二,七三	一〇	一,〇一〇	二,七〇	三五,五〇〇
黄海道	一九	八,五二	二二	三,七九	一六	二,六五〇	五,六六九	一九,六〇〇
平安南道	三四	二,七六	四二	一,二二三	二	八,三三七	九,三五〇	二六,八〇〇
平安北道	一七	一〇,二九五	五二	六,三〇	二	二二〇	二〇,四四	六二,二五五
江原道	七一	五,五八六	五六	六,三〇	二	三,四〇	三〇,六	四二,六五五
咸鏡南道	三四	四,二三四	一六	八,四六九	二四	八,四七二	三三,〇一三	二三,〇四〇
咸鏡北道	三七	二,八〇九	九四	一〇,六六六	一七	二,二三	一,六四	八,六三四
合計	一,三五九	一〇二,七五二	四五	一四七,二一五	一三四	三六,六六四	二三〇,〇四〇	四六五,八六五

窓飾共防の催主部支州全道北羅全

六三

（一八）　内地視察團の編成

日本精神の昂揚を圖る爲、伊勢皇太神宮其の他の神宮神社に參拜せしむるは、最も效果的なるに鑑み思想轉向者防共團員を以て、内地視察團を編成神宮に參拜せしむる外先進都市、農村の狀況等視察せしめつゝあるが、其の效果大なるを以て本計畫は尚將來も繼續實施の豫定なり。

六二一

六一

（上）防共防諜デー當日京城府内各防共團員の街頭行進（本府）
（下）慶尚南道密陽支部に於ける防共防諜デー當日の街頭行進

（寫眞説明）

全羅北道扶安支部の防共防諜デー當日の街頭行進、咸鏡南道咸興支部の防共防諜デー當日に於ける街頭行進咸鏡南道高原支部の防共防諜デー當日に於ける街頭行進、黃海道松禾支部の防共防諜デー當日の街頭行進、防共デーに參加したる白系露人、防共デー當日市内行進に參加したる屋臺

（上）　平安北道中江支部の一周年記念式に　於ける　支部長の講演

（中）　京畿道平澤支部に於ける記念式　（下）　昭和十四年八月十四

日協會本部主催の朝鮮防共協會創立一周年記念日當夜京城府民館に於ける三橋會長の挨拶

五九

（上）　忠清南道大田支部に於ける一周年記念式の狀況　五八

（下）　慶尚南道鎭海神社前に於ける一周年記念式の狀況

（一四）　防共防諜デーの實施

昭和十三年十一月十日國民精神作興に關する詔書喚發記念日及本年八月十五日朝鮮防共協會創立一周年記念日を卜し、全鮮一齊に、防共防諜デーを實施したるが、同デーに實施したる諸行事の狀況別表の如し。

（一五）　防共協會創立一周年記念式舉行

防共協會創立一周年記念日たる本年八月十五日を期し、協會本部を始め全鮮各道聯合支部、各支部並各防共團に於ては所在地神宮、神祇、神詞大前に於て嚴肅なる記念式を舉行せり。

（一六）　防共の夕開催

協會本部に於ては、本年八月十四日午後七時より京城府民館に於て、防共の夕を開催會長の挨拶、喜多參謀の防諜に關する講演の外防共漫才、防共映畵の上映を爲し參集者に對し多大の感銘を與へたり。

（一七）　八紘之基柱寄贈

紀元二千六百年記念事業として宮崎縣奉祝會に於て計畫せる八紘之基柱建立材料の一部に協會本部及各道聯合支部共各一ケ宛の石材を寄贈せり。

五七

防共歌　朝鮮防共協會

一、
大君が御稜威の遍きところ
輝く半島
こゝ防共の第一線
誓へよ忠誠
防げよ赤魔
いざ！
磐石の固き盟に
斷じて當らん銃後の守

二、
聖恩の御族の下に
斷じて興さむ日本精神
こゝ防共の第一線
輝く半島
防げよ赤魔

三、
大陸直に連るところ
輝く半島
こゝ防共の第一線
仕遂げよ聖戰
防げよ赤魔
いざ！
國境暗く妖雲涌くところ
斷じて築かむ正義の砦

擧れよ愛國
鑒國の理想に燃えて
防げよ赤魔

防共團歌　朝鮮防共協會

一、
あゝ大陸に聖戰の
皇軍劍を振ふ時
巖然組國を護らむと
こゝ半島に防共の
備揺がぬ砦あり
凛たり我等防共團

二、
正しき思想うけ繼ぎて
希望と愛の炬を翳し
無窮を謳ふ正義陣
人類至上の幸福を
永久に守らん責務あり
儼たり我等防共團

三、
久遠の平和理想郷
目指す東亞の新秩序
築け輝く大使命
内鮮一體同胞の
固き誓も諸共に
燦たり我等防共團

五六

昭和十四年八月十四日協會本部主催の朝鮮防共協會創立一周年記念日當發新作「防共護歌」の發表、（於府民館）

紙芝居に依る宣傳効果大なるに鑑み『防共の華』及『防共報國』間諜の最後『銃後の國防』なる紙芝居を作製鮮内各警察署に一組宛を配付せり

（一三）防共歌及防共團
歌レコード作製

懸賞募集に當選せる左記歌詞の防共歌並防共團歌は八月十四日開催の防共の夕の際發表し更に之をレコードとして廣く鮮内防共協會員は勿論一般民衆にも購入せしむることとし日本ビクター蓄音器株式會社に之が製作を請負わしめ一萬六千枚を目下製作中にして本年十一月下旬迄には完納の見込なり

五五

全羅南道聯合會主催光州支部各部支部內音聲防共團員全體の感謝に際し防共子女其の團員長防共團員全體聯合支部長

全羅南道聯合會主催光州支部外各部支部內音聲防共各部器樂隊状況の感謝聯合會の團員

（上）全羅南道木浦支部管下に於ける防共紙芝居實施の狀況

（中）平安北道中江支部に於ける防共紙芝居實施狀況

五四

（下）全羅北道長水支部に於ける防共紙芝居實演狀況

（九）　防共協會々員章作製配付

會員を表徴する爲懸賞募集に當選したる圖案に依る、會員章十四萬ヶを作製會長以下全會員に配付常に之を佩用せしむることとせり

（一〇）　防共防諜映畫フィルム購入並巡廻映寫

映畫を通じて防共防諜思想を鼓吹するは最も效果的なるを以て協會に於て左記映畫フィルムを購入し本府文書課ヨリ日本精神の昂揚に關する各種映畫を借用し之を各道聯合支部に貸付講演會實施等に際し之が上映を爲しつつあり

1、　スパイは君だ

2、　防共十字軍

3、　赤の脅威

尚此の外各道聯合支部に於ても適宜相當數のフィルムを購入映畫會を開催し居れり

（一一）　防共映畫の作製

協會後援の下に京城國策映畫社をして主義者の轉向過程を骨子とする防共映畫『防共の誓ひ』全發聲六卷壹千二百三拾九米を製作し之を各道聯合支部に一本宛購入せしめ防共運動の必要を認識せしむることととせり

（一二）　紙芝居作製配付

五三

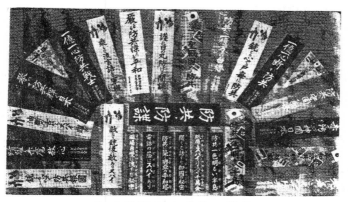

全鮮に撒布せる宣傳ビラ

五二

防共　九一通　一等一、二等一、佳作一、

防諜　三七通　一等一、二等一、佳作二、

（二）標語

防共　三一五通　一等一、二等一、佳作三、

防諜　一七三通　一等一、二等一、佳作二、

防共防諜　八九五通　佳作一、　合計七二九八通

當選標語左の如し

遂げよ聖戰固めよ防共

醉ふな戰捷忘るな防共

銃とる心で戶毎に防共

赤心に赤化なし

防共一色明るい半島

銃とる心で防共報國

護れ日の丸防げよ間諜

乘るな流言語るな軍機

油斷の舌からスパイは躍る

敵なき敵後に敵ありスパイ

全鮮に配布せるポスター一

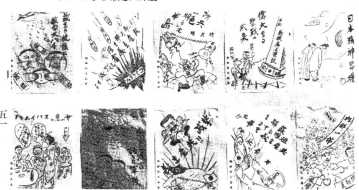

全鮮に撒布せる宣傳ビラ

（二）　防共防諜標語

　　募集期日

　　自　昭和十三年十月十五日

　　至　昭和十三年十一月十日

　　應募狀況及當選

　（イ）　マーク圖案　九八七通　一等　一、二等　一、佳作　二

　（ロ）　團　歌　四〇三通　一等　一、二等　一、佳作　一

　（ハ）　ポスター

五一

咸鏡南道は従來思想的特殊地帶として、常に取締及淨化工作に特段の努力を拂ひつゝある所なるが咸鏡北道平地帶南三郡に於ける未曾有の農民組合事件檢舉後に於ける淨化工作に付ては過去二ケ年餘各機關を動員して未檢舉者の追究事件關係者並靑少年の思想善導其の他啓蒙又は民風作興に關する、諸施設を勵行したる結果其の效果見るべきものあり又咸鏡南道惠山地方に於ける中國共產黨系人民戰線事件檢舉後に於ける思想淨化運動に付ても同道に於て具體的計畫を樹立して實施中なるが、其の重なる實施項目左の如し

イ　指導團體の組織

ロ　微罪釋放者の特別指導

ハ　一般的啓蒙指導

ニ　產業獎勵

（七）ポスター、ビラ配付

別表の通り防共防諜ポスター、ビラ調製、本年八月十五日防共協會創立二週年記念日を機に實施したる防共防諜デー及其の他各道に於て時々貼付撒布せり

（八）懸賞募集

種　目

（イ）朝鮮防共協會々員章圖案

（ロ）防共團歌の作詞

（ハ）防共及防諜ポスター

五〇

宣駐在所を主體として、山間僻地に至る迄全鮮隅なく、時局座談會を反覆開催し事變に對する一般事項並特に防共防諜に關し民衆として腹藏なき質問を爲さしめ夫々之に解答を與へ時局認識の徹底と防共防諜思想の普及を圖りつゝあり

（六）思想淨化工作

咸鏡北道明川郡下加面に於ける防共座談會の狀況　平安北道管下に於ける防共座談會の狀況　慶尚北道盈德支部管下
に於ける座談會の狀況　平安北道熙川郡支部管下に於ける防共座談會の狀況

四九

昭和十四年二月　慶尚北道大邱府に於ける思想展覽會々場內部の狀況　慶尚北道大邱府に於ける思想戰展覽會場入口の雜踏　咸鏡南道咸興府に於ける思想展覽會々場入口　全羅南道光州に於ける思想展覽會の宣傳塔　慶尚北道大邱驛前に於ける思想戰展覽會宣傳塔　全羅南道光州府に於ける思想展覽會場の入口

協會より一部出品せり、平壤、釜山、大田各支店に於ても開催せり

（三）　機關紙の發行

昭和十四年一月二十五日『防共の朝鮮』と題する機關紙を創刊以來每月一回之を繼續發刊し防共協會會員を始め內地、滿洲、北中支、臺灣、南洋賭其の他關係各方面に廣く配布しつゝあるが創刊當時の部數三萬五千なりしも本年十月の發行部數四萬七千に增加し尙漸增しつゝありて本年中には五萬部に達する見込なり

（四）　パンフレット發行

第一輯　赤魔ソ聯を發く　五千部

第二輯　ソ聯の內情　　　四萬部

を機關紙『防共の朝鮮』附錄として發行配布し防共思想の普及に資したり

（五）　防共座談會の開催

支那事變勃發直後の昭和十二年九月より警察

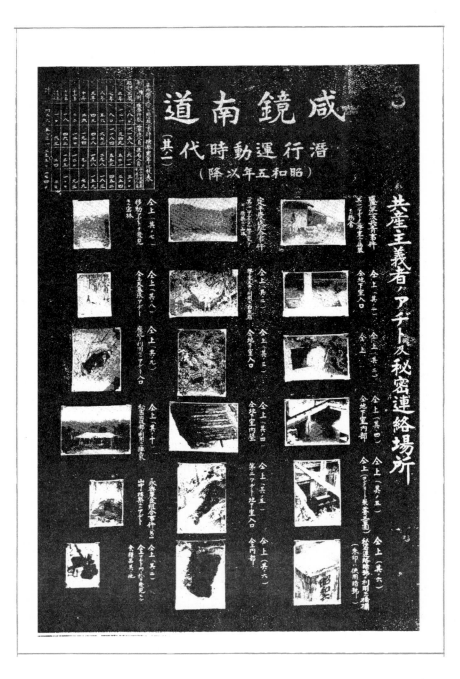

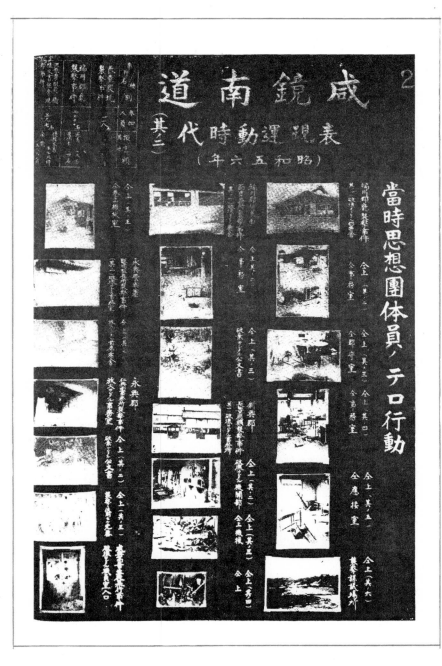

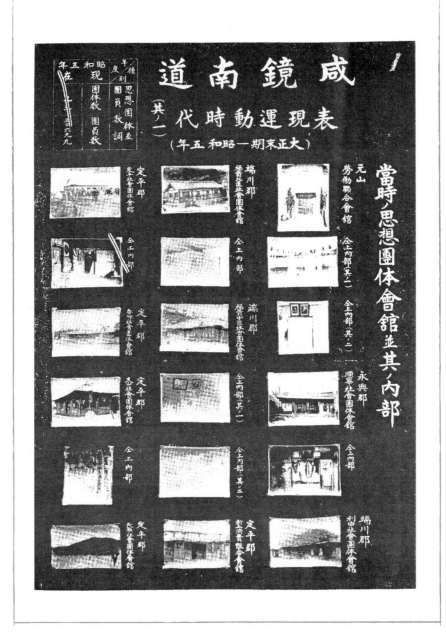

四〇

防共協會創立後協會本部各道聯合支部及各支部に於ては直ちに各種事業の實施を開始したるが其の概要左記の如し

（一）思想戰展覽會の開催　朝鮮防共協會主催

京城（於三越）　　　　　自　十月二十五日　至　十月二十六日　入場人員　二六八、〇〇〇人

清津（於公會堂）　　　　自十一月二十三日　至十一月二十七日　入場人員　八七、八八五人

咸興（於公會堂）　　　　自十二月三日　　　至十二月七日　　　同　一八一、四三三人

光州（於商工獎勵館）　　自十二月十七日　　至十二月二十一日　同　一五一、七四〇人

大邱（同）　　　　　　　自一月十日　　　　至一月十五日　　　同　二二五、八八〇人

釜山（同）　　　　　　　自一月二十一日　　至一月二十五日　　同　一三四、九四八人

平壤（於三中井）　　　　自二月二日　　　　至二月六日　　　　同　一四九、五七〇人

七ケ所　延日數　四十一日間　同　一、二八九、四四六人

（二）赤色ロシヤを發く展覽會（開催）

主催　京城三中井（京日後援）

期日　自十月二十五日　至十一月三日

入場人員　約二十五萬人

本會の事務は警察關係職員に之を囑託することを得

第三條　寄附行爲第五條第五號の表彰は防共運動に關し功勞偉績拔群他の模範となるべき者にして聯合支部長の具申に係る者に付會長之を行ふ

第四條　前條に依る表彰は團體表彰及個人表彰の二種とし功績の輕重に依り夫々功勞章、表彰牌及表彰狀を授與す

第五條　功勞章を授與せられたる者にして、本會の名譽を汚損し又は禁錮以上の刑に處せられたるときは之を返還せしむ

前項の措置を要するものあるときは支部長は聯合支部長に聯合支部長は會長に其の事由を具し之を報告すべし

第六條　毎年度の歲入出豫算は前年度三月中に議決するものとす

第七條　本會の出納は三月末日を以て閉鎖するものとす

第八條　決算は出納閉鎖後二ケ月以內に之を調製するものとす

第九條　本會に歲入歲出並物品に關する帳簿を備へ必要の事項を記入するものとす

第十條　聯合支部及支部の事業資金及經費は本部より每年之を配付す

聯合支部及支部の事業資金及經費は本部より每年之を配付す

第十一條　聯合支部長豫算の配付を受けたるときは聯合支部豫算を編成すべし

聯合支部長は每年五月末日迄に決算を調製し會長に報告すべし

第十二條　本會に屬する財產の得喪保管、金品の貸借及諸契約の締結は常務幹事の名義に於て之を行ふ

第十三條　本細則運用上必要なる事項は常務幹事之を行ふ

六、朝鮮防共協會創立後實施したる事業の槪要

三九

ることを得ず

第四十五條　本會は評議員會に於て定數の三分の二以上の同意を得て解散することを得

本會解散したる場合に於ける財產の處分方法は前項の評議員會に於て之を決す

第四十六條　本寄附行爲の施行に關し必要なる細則は總裁の承認を經て會長之を定む

朝鮮防共協會寄附行爲施行細則

第一條　財團法人朝鮮防共協會寄附行爲施行に關しては本細則の定むる所に依る

第二條　本會の會務を處理する爲左の職員を置く

本　部

主　事　一　名

事務員　若干名

聯合支部

事務員　若干名

支　部

事務員　若干名

前項の主事及事務員の命免給與は各會長、聯合支部長及支部長之を行ふ

三八

一、豫算及決算に關する事項

二、基本財産の處分に關する事項

三、本寄附行爲の改正に關する事項

四、其の他本會の目的達成上重要なる事項

第三十九條　聯合支部及支部幹事會、評議員會は聯合支部長又は支部長之を召集す

第四十條　聯合支部幹事會は幹事を以て、同評議員會は副支部長、幹事及評議員を以て之を組織し支部長を議長とす

支部幹事會は幹事を以て、同評議員會は支部幹事及評議員を以て之を組織し支部長を議長とす

第四十一條　聯合支部及支部評議員は槪ね左の事項を議決するものとす

一、聯合支部、支部の豫算及決算

二、聯合支部又は支部の目的達成上必要なる事項

第四十二條　幹事會及評議員會は幹事及評議員定數の半數以上出席するに非ざれば會議を開くことを得ず

幹事會、評議員會の議事は出席者の過半數を以て之を決し可否同數なるときは議長の決するところに依る

輕易又は緊急なる事件に付ては會議を開かず書面を以て幹事又は評議員の意見を徵し其の三分の二以上の

第四十三條　同意あるときは之を幹事會又は評議員會の議決に代へることを得

第八章　雜　則

第四十四條　本寄附行爲は評議員會に於て定數の三分の二以上の同意を得て朝鮮總督の認可を受くるに非ざれば變更す

三七

第三十條　役員は名譽職とす

第六章　防共團（部）

第三十一條　必要に應じ支部の下に防共團を組織し其の名稱は適宜之を定む

第三十二條　防共團は團長一名、副團長一名、幹事及團員若干名を以て組織す　但し必要あるときは顧問若干名を置くことを得

第三十三條　團長、副團長、顧問及幹事は聯合支部長之を囑託す　團員は支部長之を命免す

第三十四條　團員は支部長の指揮を承け團務を處理す　副團長は團長を補佐し團長事故あるときは其の職務を代理す　幹事は團長の命に依り團の事務に從事す

第三十五條　既設の教化團體、學校其他適當と認めらるゝ團體には必要に應じ防共團に準じ防共部を設置することを得

第七章　會議

第三十六條　幹事會及評議員會は會長之を召集し會長を議長とす

第三十七條　幹事は幹事會を組織し本寄附行爲に定むる事項の外評議員會より委任せられたる事項を議決す

第三十八條　評議員會は理事及評議員を以て之を組織し概ね左の事項に付議決するものとす

聯合支部評議員は聯合支部長の諮問に應じ又は意見を開陳す

第二十五條　聯合支部長は道知事に聯合副支部長は道警察部長に聯合支部常務幹事は道警察部高等警察課長に其の他の幹事及評議員は適任と認めらるゝ者に總裁之を囑託す

第二十六條　支部に左の役員を置く

一、支部長

二、支部幹事　若干名(内一名は常務幹事とす)

三、支部評議員　若干名

支部長は聯合支部長の指揮を承け支部の事務を掌理す

支部幹事は支部長の命を承け支部の常務を處理す

支部評議員は支部長の諮問に應じ又は意見を開陳す

第二十七條　支部長は警察署長に支部常務幹事は警察署高等主任に其の他の幹事は適任と認むる者に聯合支部長之を囑託す

支部評議員は防共團(部)長其の他の適任と認むる者に聯合支部長之を囑託す

第二十八條　聯合支部又は支部に顧問を置くことを得

聯合支部又は支部顧問は學識經驗ある者にして適當と認めらるゝ者に夫々總裁又は聯合支部長之を囑託す

第二十九條　役員の任期は二年とす　但し重任を妨げず官職に依り總裁又は役員たる者の任期は其の在職期間とす

補缺として就任したる者の任期は前任者の殘存期限とす

三五

第二十二條　前條の役員中會長及幹事を以て本會の理事とす

第二十三條　會長は警務局長に總裁之を囑託す

常務幹事は警務局保安課長に幹事は適當と認むる者に總裁之を囑託す

評議員は左に揭ぐる者の中より總裁之を囑託す

一、本府內外局部長の職に在る者

二、各道知事の職に在る者

三、高等法院檢事長、城大總長、朝鮮軍參謀長、朝鮮憲兵隊司令官、鎭海要港部參謀長の職に在る者

四、名譽會員、特別會員中學識經驗を有する者

五、其の他適任と認むるもの

第二十四條　聯合支部に左の役員を置く

一、聯合支部長

二、聯合副支部長　　一　名

三、聯合支部幹事　　若　干　名（內一名は常務幹事とす）

四、聯合支部評議員　若　干　名

聯合支部長は會長の指揮監督を承け聯合支部の事務を總理す

聯合副支部長は聯合支部長を補佐し聯合支部長事故あるときは其の職務を代理す

聯合支部幹事は聯合支部長の命を承け聯合支部の常務を處理す

三四

第十七條　本會の會員を分ちて左の三種とす

一、名譽會員　學識經驗ある者又は本會の爲特別なる功勞ある者にして會長の推薦したる者

二、特別會員　寄附金五千圓以上を醵出したる者

三、正會員　防共協會役員、防共團員、防共部員

第十八條　會員にして本會の名譽を汚損したるときは會長之を除名することを得

第五章　總裁、顧問及役員

第十九條　本會は政務總監を總裁に推戴す

第二十條　本會に顧問を置く

顧問は朝鮮總督、朝鮮軍司令官、鎭海要港部司令官を推戴す

第二十一條　本會に左の役員を置く

一、會　　長

二、幹　　事　　若干名(内一名は常務幹事とす)

三、評議員　若　干　名

會長は本會を代表し會務を總理す

常務幹事は會長の命を承け常務を執行し會長事故あるときは其の職務を代理す

評議員は會長の諮問に應じ又は意見を開陳す

三三

第七條　本會の資産を分ちて基本財産、普通財産とす

第八條　左の各號に掲ぐるものを本會の基本財産とす

一、基本財産としては指定寄附を受けたる金錢其の他の物件

二、評議員會の議決に依り基本財産に編入せられたるもの

第九條　基本財産以外の財産を普通財産とす

第十條　基本財産は之を消費することを得ず、但し特別の事情ある場合は、評議員會に於て評議員定數の三分の二以上の同意を得たるときは此の限に非ず

基本財産たる現金は郵便官署若は確實なる銀行に預入れ又は國債證券其の他確實なる有價證券を買入れ其の利殖を圖るものとす

第十一條　本會の經費は基本財産より生ずる收入及普通財産を以て之を支辨す

第十二條　會長は每會計年度歲入出豫算を調製し年度開始前評議員會の議決を經べし

第十三條　本會の會計年度は每年四月一日に始まり三月三十一日に終る

第十四條　會長は評議員會の議決を經て旣定豫算の追加又は更生を爲すことを得

第十五條　會長は每年度の末日現在に依り決算を調製し評議員會に之を報告すべし

第十六條　每會計年度の剩餘金は之を翌年度の經費に充つ

第四章　會　員

三二

第五條　本會は前條の目的を達する爲左の事業を行ふ

目的とす

一、機關雜誌其の他刊行物の發行、講演會、展覽會、座談會等の開催

二、防共智識の普及徹底

三、主義者の善導並一般民衆の積極的防共活動の助長促進

四、防共上必要なる事項の調査研究

五、防共に關し功勞偉績あるもの、表彰

六、其の他本會の目的を達するに必要なる事項

第三章　資産及會計

第六條　本會の資産左の如し

一、別紙財産目錄記載の財産

二、本會に屬する動産及不動産

三、本會の事業父は財産より生ずる收入

四、國庫補助金

五、有志者の寄附に係る金錢其の他の物件

六、其の他の收入

三一

防共防諜座談會講演會の實施、パンフレットの印刷配布、防共防諜映畫會の開催、ポスター標語の懸賞募集及配布等諸般の方面に亙り着々業績を擧揚今日に至れり

然りと雖現在の機構を以てしては未だ眞に本會の使命を完うし得ざる憾あるに鑑み此の際事業の全面的擴充を圖り各般會務運營の圓滑を期し以て國民防共の實績擧揚に一層有力なる貢獻をなす爲本會の機構を強化整備するの時宜に適するを認め玆に一旦本會を解散し別紙寄附行爲案に基き新に財團法人朝鮮防共協會を設立せんとす

財團法人朝鮮防共協會寄附行爲

第一章　名稱事務所及支部

第一條　本會は之を財團法人朝鮮防共協會と稱す

第二條　本會は事務所を京城府光化門通朝鮮總督府警務局內に置く

第三條　本會は各道警察部內に聯合支部、各警察署內に支部を置く
　　　　聯合支部及支部の名稱は其の道名又は署名を冠するものとす
　　　　聯合支部又は支部に關する細則は會長の承認を經て聯合支部長又は支部長之を定むることを得

第二章　目的及事業

第四條　本會は共產主義思想及運動の撲滅を圖ると共に併せて日本精神の昂揚を圖り國民防共の完璧を期するを以て

欧に於てはスペインの動亂を誘發して歐洲の天地に一大暗影を投じ、更に東漸しては隣邦支那を使嗾して抗日人民戰線の結成を策し傀政權をして東洋平和の攪亂者たらしむるに至りたる事は今次の日支事變に依り其の全貌を明にし得たる處なるが、曩に日獨伊三國間に世界歷史上畫期的なる防共協定の成立を見たるは、一に此のコミンテルンの世界赤化の脅威に對抗して共同防衛陣の強化を計らんが爲にして、革新的勃興氣運にある日獨伊三國は相提携して共産主義的破壞工作を排擊し、國家の安寧、社會の福祉の增進を期すると共に、進んで防共精神を國際的に發揚して世界平和の維持確立に貢獻せんことを襄望したる次第にして、特に東亞の安定勢力たる我日本は此の防共精神を擴充徹底し、且之を現實に實踐化することに依り東洋平和の確立者たる神聖なる國家的使命の實現に邁進することの喫緊事たるを確信する處なり

翻つて朝鮮に於ける共産主義運動の現狀を觀るに、滿洲事變を契機として漸次衰退の氣運を辿り、殊に今次事變發生するや斯種主義者中克く聖戰の意義を認識して皇國臣民の本然に歸り、相率ひて銃後の赤誠を披瀝しつゝあるも、頑迷なる一部主義者に在りては今尙迷夢より醒めず時に反戰反國家的言動を企圖して擧國一致の體制を妨害せんとするが如き氣配あるは洵に遺憾とするところなり

固より斯る不穩思想並運動に對しては斷乎たる取締を必要とするも、他面我國體を明徵にし一般民衆をして確固たる國體觀念を把握せしむると共に、防共思想を旺ならしめ自衛的立場に於て反國家思想の侵入感染を防遏し更に進んで不穩思想抱持者を改過遷善し、以て眞に皇國臣民たるの自覺を促すの要切なるものあり

茲に於て朝鮮防共協會は時局に鑑み且つは日獨伊防共協定の趣旨に基き國民防共の實を擧ぐる爲一般大衆を總動員して共産主義思想並運動の誤謬を周知せしめ之が撲滅防衛を期すると共に進んで日本精神の昂揚を圖り以て思想國防の完璧を期すべきことを目的として　昭和十三年八月十四日之が設立以來機關紙の發行、思想展覽會の開催、防共防諜デーの實施

二九

五、朝鮮防共協會の法人組織

本協會創立後直ちに其の趣旨目的の達成の爲別項記載の如く各種事業の實施を開始し、相當實績を收めつゝありと雖も本協會從來の機構を以てしては未だ直に本會の使命を完ふし得ざる憾あるに鑑み、此の際事業の全面的擴充を圖り各般會務運營の圓滑を期し、以て國民防共の實績暴揚に一層有力なる貢獻をなす爲、本會の機構を更に強化整備するの要あるを認め一旦本會を解散別紙審附行爲及同施行細則に基き新に財團法人朝鮮防共協會を設立すること、して、萬般の手續を了し目下許可出願中なり

財團法人朝鮮防共協會設立趣旨書

支那事變勃發以來我忠勇なる將兵は破竹の勢を以て連戰連捷全支を席卷して多大の戰果を收め銃後の半島民衆亦克く時局を認識して國民的自覺を喚起し內鮮一體盡忠報國の誠を竭しつゝあり。然れどもコミンテルンの傀儡たる蔣介石政權は未だに所謂長期抗日を標榜し國際情勢又混沌として豫測を許さず事變の前途全く逆睹し難きものありて時局は益々重大化の情勢にあり。斯る我國未曾有の重大時局を打開し今次聖戰の目的たる東洋永遠の平和を確立せんが爲には擧國一致國策に順應し凡有反國家的思想を克服し以て日本精神を世界に宣揚し八紘一宇の大理想の實現を期せざるべからず

元來蘇聯の宣傳する共產主義思想は徒に唯物的偏見に捉はれ階級鬪爭を煽動して民心を惑亂し、文化を破壞し、國際正義を無視して世界革命を陰謀し、後方攪亂を企圖する思想戰略に外ならず、而してコミンテルンの世界赤化政策の銳鋒は西

防共團査閲要綱

一、査閲官及査閲時期

（一）朝鮮防共協會聯合支部長は、防共活動の指導監督の爲毎年一回以上防共協會支部及防共團を査閲するものとす

（二）聯合支部長は、聯合副支部長をして査閲せしむることを得

（三）朝鮮防共協會長は、幹事をして隨時査閲を爲さしむ

二、査閲事項

査閲は左の事項に付之を行ふものとす

（一）支部事業及事務の處理狀況

（二）防共團（部）組織の適否

（三）防共團（部）員指導教養實施の狀況並實績

（四）防共團實踐要目勵行の狀況

（五）防共活動の狀況

（六）一般民衆の防共思想及皇國臣民意識向上の狀況

三、査閲要領及報告

（一）査閲に際し提出すべき書類、召集すべき團（部）員數及順序方法等は査閲官に於て其の都度指示するものとす

（二）査閲を實施したるときは其の狀況を十日以内に朝鮮防共協會長に報告するものとす

二七

日本精神の昂揚
　國體觀念の強調
　　皇居遙拜
　　敬神崇祀
　　忠君愛國の徹底
　　國旗の尊重
　　教育勅語の服膺
　　皇國臣民の誓詞朗誦
　　一視同仁の聖旨徹底
　　日本歷史大要了得
　　國語の使用
　內鮮一體の徹底
　　同種同根の理念了得
　　一家和合
　　報恩感謝
　　隣保共助
　　勤勞奉仕
　國民道德の振作
　　犧牲的精神の發揚
　　互讓精神の涵養

國防思想の強化
　時局認識の徹底
　　對支戰局並國際情勢の知得
　　防共樞軸の威力知得
　　思想國防戰士たるの確認
　銃後報國
　　生產增加國產品愛用
　　資源愛護
　　貯蓄勵行
　防諜思想の普及徹底
　　軍事後援事業への參加協力
　　國民防諜の徹底
　　流言蜚語の撲滅
　　國民運動への參加

二六

文書、書籍の輪讀、回覽、共同購讀、文庫の設置

（3）書畫、映畫、演藝、歌謠等に依る指導

展覽會、學藝會、辯論會、紙芝居、演劇、落語、漫才等の實施

五　指導計畫並報告

（一）支部長は每年一月防共團（部）の指導計畫を樹立し前年度に於ける實績と共に、聯合支部長に報告するものとす

（二）聯合支部長は、每年二月防共團の指導成績及一般民衆の防共思想向上の狀況を朝鮮防共協會長に報告するもの

とす

朝鮮防共協會綱領及防共團實踐要項

防共思想の普及徹底

共産主義の謬說罪惡暴露
蘇聯赤化政策の暴露
蘇聯の內情暴露
反帝運動の排擊
ソヴェート對外民族政策の排擊
反戰運動の排擊
左翼藝術の排擊
勞資間の協調
左翼出版物の驅逐
非轉向者の轉向促進
轉向確保

人民戰線運動の排擊

積極的防共活動
機關紙其の他出版物の購讀
防共講演會座談會參席
防共展覽會映畫會觀覽

（一）對象別に依る指導　指導對象の區分及指導の重點概ね左の如し

指導對象の區分	指　導　の　重　點
學生、生徒	（1）反帝反戰運動の排撃に關する事項 （2）左翼藝術の排撃に關する事項
智　識　階　級	（1）左翼出版物の排撃、驅逐に關する事項 （2）反帝反戰運動の排撃に關する事項 （3）左翼藝術の排撃に關する事項 （4）非轉向者の轉向促進に關する事項
勞働者農民	（1）勞資間の協調に關する事項 （2）階級意識の打破に關する事項
其の他一般民衆	（1）蘇聯の内情暴露に關する事項 （2）共產主義の罪惡暴露に關する事項

（二）指導方法の種別　防共團（部）員の指導は概ね左の方法、種別に依り行ふものとす

（1）集合指導
イ　講演、講話、講義、座談會
ロ　青年團（部）員に對しては部隊教練の實施
（2）文書、書籍に依る指導

一四

支部長は副團長（副部長）幹事、班長の中より適當と認めらるゝ者をして指導の補助を爲さしむるものとす

（三）其の他

聯合支部長、支部長は學識ある名士、其の他適當と認むる者に講演、講義等を委囑することを得

三　指導事項

防共團（部）の指導事項概ね左の如し

（一）共産主義の排撃に關する事項

（二）蘇聯の内情及對外赤化政策に關する事項

（三）防共樞軸を繞る國際情勢に關する事項

（四）國防思想に關する事項

（五）日本精神に關する事項

（六）國民道德に關する事項

（七）内鮮一體に關する事項

（八）敎練禮式其の他の訓練に關する事項

（九）社會奉仕に關する事項

（十）防諜に關する事項

四　指導方法

防共團（部）指導は、別に定むる防共團綱領及實踐要項に依るも、特に左の二項に留意し指導の完璧を期するものとす

一三

（三）防共部の組織要領

防共部は、既設の教化團體、學校等の既存部署に之を併置するものとす

三、役　員

（1）防共團（部）には團長、副團長、部長、副部長各一名及幹事若干名を置くものとす

（2）必要ありと認むるときは、防共團（部）に顧問を置くことを得

（3）前各號の役員は聯合支部長之を嘱託す

四、本要綱施行に必要なる細則は聯合支部長之を定む

防共團 の 指導要綱

一、指導目標

防共團（部）の指導目標は、防共團（部）員の防共思想を旺盛ならしめ、日本精神を昂揚せしむると同時に、一般國民大衆の防共（防諜）思想を喚起するにあり

二、指導擔任者

（一）責任者

防共團（部）員の指導は支部長、團長（部長）之に當るものとす

（二）補助者

（4） 既設の教化團體、學校其の他適當と認めらるゝ團體には、必要に應じ防共團に準じ防共部を設置することを得

（三） 設置手續

防共團（部）を組織すべき地區及團體等は支部長の具申に依り、聯合支部長之を指定するものとす

二、防共團組織要領

（一） 防共團（部）の組織標準

防共團は左の標準に依り、概ね團員五十名以上を以て組織するものとす

（1） 地域に依る場合

（2） 團體別に依る場合

（3） 職業別に依る場合

地域に依る場合は、警察署若は駐在所々々在地より、概ね四粁以內の地に居住する者にして、なるべく靑壯年を以て組織するものとす

團體別に依る場合は官公署、銀行、會社等の職員、社員、雇傭人を以て組織するものとす

職業別に依る場合は大商店、工場、鑛山、運送業等多數從業員及勞働者を雇傭する業務經營者若は宿屋、料理屋、飲食店、印刷所、書籍店等の如き特殊營業者及之等從業員並勞働者全員を以て組織するものとす

（二） 防共團の部署及下部組織

（1） 防共團內に庶務、敎養、宣傳等の部署を設置することを得

（2） 防共團員の指導、敎養其の他の必要に依り防共團の下に地域職業、職場、年齡、性別、勤務別等の班を設くること得

二二

四 防共團の設置指導方針

前述の如く下部組織の完了と共に、各道に於ても夫々活動の機構組織を整備し、具體的活動を開始したるも既往一ケ年の實績に徴するに、防共團の指導活動上遺憾の點なしとせざるを以て、昭和十四年八月二日開催したる各道高等警察課長會議に際し、之が指導訓練等に關し打合協議を遂げ防共團の設置、指導並査閲要綱別紙の通決定し、之が運用に當りては概ね同要綱に準據し各地の實情をも參酌し夫々適切なる具體的措置方法を講じ、既設防共團に對しても此の際再檢討を加へ其の指導活動の完璧を期する様各道聯合支部宛夫々通牒を發し更に特段の努力を促したり

二〇

防共團設置要綱

一、防共團(部)の設置

（一）設置方針

防共團は都邑地交通上の要衝又は共産主義運動の熾烈なる地方又は之に乘ぜられ易き個所に設置するものとす

（二）設置場所

防共團を設置すべき場所左の如し

（1）警察署所在地

（2）必要と認められる駐在所(出張所)所在地

（3）其の他防共團設置の必要ありと認めらるゝ場所

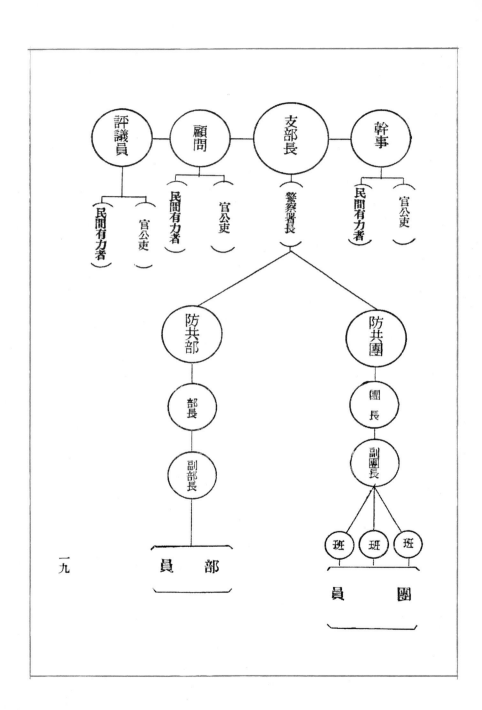

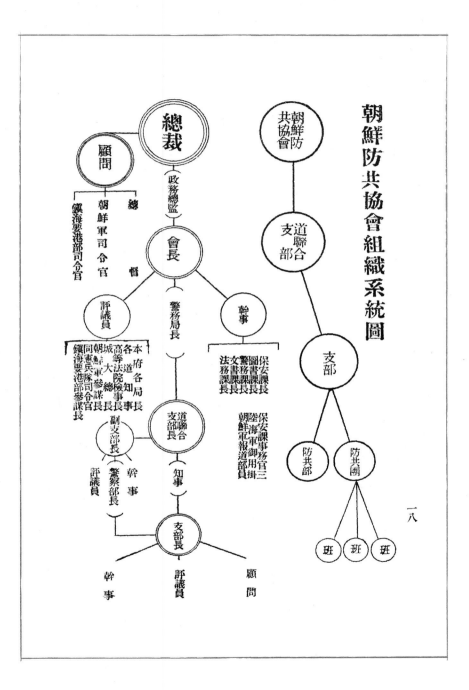

朝鮮防共協會組織系統圖

一八

防共團(部)結成狀況表 （昭和十四年九月末現在）

道 名	支部數	團數	團員數	地域に依り組織したるもの 團數	團員數	團體別に依り組織したるもの 團數	團員數	職業別に依り組織したるもの 團數	團員數	計 團數	團員數	學校に設置したるもの 部數	部員數	其の他敎化團體内に設置したるもの 部數	部員數	計 部數	部員數	合計 團(部)數	團(部)員數
京畿道	一九	三二四	九一	五	三六	二六九	一六、四五一	一	一五〇	二七五	一六、六三七	一四〇	五一五	一六	一〇一	一六六	六一六	四四一	一七、二五三
忠淸北道	一〇	一〇六	七	八三	二、二三六						二九				二九	一三五	二、三七一
忠淸南道	一四	一六六	九	五四	五、〇六六	二、一七	一七	五、〇八六	一七		一六		一六	五三三	
全羅北道	一四	一四一	三	一七	四八三	五七	二一	六六			六六	一、五六一	
全羅南道	三	二七二	五、五八九	三、九六二	四		二六	一二六	三六	六、五六一	
慶尙北道	三	六一	五、五六六	八一	六、四六六	一	四二	四二	一、九六二	
慶尙南道	四	一三五	一、〇二四	六	五、五七一	一六	一二四	八八	五、七五一	
黃海道	六	一九	三六	二五五	一九		一九	二、七七一	
平安北道	三	四	四二	三二〇	四七	五	四七	三、六四〇	
平安南道	三	八四〇	八、五四〇	八	五二〇四	五	二〇	二五	一〇、二八九	
平安北道	一七	五	三、四四二	三一、六五六	一、〇四七	二三、〇四六	四〇	二八、六六五	
江原道	三	一三	一七	九二	六、四三七	一	一六	一七	六、四五二	
咸鏡南道	三	四四	七	三、〇七	五二	一	一六〇	五三二	二、一二九	
咸鏡北道	一〇	二九六	一	三、一九六	一七	三	一九四	一六一	四九、五七六	
合 計	三二五	三、二九五	二八、四四五	四〇〇 二、四三〇	二、六六二	一八〇	一一四二	二、一〇三	三一、二二七	

（上）平安北道新義州支部結成式の状況
（下）昭和十三年六月十日釜山中三井防共團の結成式状況

約には、之を明記せることゝし、又防共
團及防共部の組織に際りては形式を廢し
濫設を避けて、地方の實情に應じて眞に
必要なる個所より逐次結成することゝし
て、直ちに之が結成に着手したるが、其
の結果各道警察部に置く道聯合支部は同
年九月末迄に此の組織を完了（咸鏡北道
は十一月廿六日完了）更に各警察署に置
くべき支部の結成も同年十月末迄に完了
爾來最下部組織たる、防共團（防共部）
の結成を見、昭和十四年九月末現在にて
防共團（部）數三千百團（部）員數　十九
萬一千九百七十七名の多くに達せる狀況
にして、道聯合支部以下の組織の詳細及
此の系統圖別表の如し

一六

況狀の式成結部支合聯道北羅全日二十二月九

一五

況盛の日當式成結部支合聯道北淸忠

忠清北道聯合支部結成式に於ける令傳達辭

昭和十三年九月二十七日全羅南道聯合支部結成式の盛況

四

一、評議員

　〃　　憲兵隊司令部高級部員

　〃　　本府各局部長
　　　（内務、學務、法務、殖産、農林、財務、鐵道、遞信、專賣、外務）

　〃　　各道聯合支部長

　〃　　高等法院檢事長

　〃　　城大總長

　〃　　朝鮮軍參謀長

　〃　　朝鮮憲兵隊司令官

　〃　　鎭海要港部參謀長

　　　　保安課專任囑託

一、主事

　　備考　◎印は常務幹事とす

朝鮮防共協會下部組織の狀況

昭和十三年八月十五日中央部たる朝鮮防共協會組織後同年九月二日各道高等外事兩警察課長を召集し打合會を開催して本協會の下部組織たる道聯合支部以下の組織及活動方針等に關し打合協議を遂げたり。

而して、道聯合支部以下の組織に當りては、本協會創立の目的たる民間防共網の趣旨を徹底せしむる爲、相當數の民間適任者を幹部に依囑することゝし、尙防諜活動に付ては、防共と共に、本協會の活動內容とするも、此の性質上趣旨書及規

一三

朝鮮防共協會役員

一、總裁
〃
〃
一、顧問
〃
一、會長
一、幹事
〃
〃
〃
〃
〃
〃
〃
〃

◎

政務總監
朝鮮總督
軍司令官
鎮海要港部司令官
警務局長
保安課長
圖書課長
警務課長
文書課長
法務課長
社會教育課長
保安課事務官
陸海軍御用掛
朝鮮軍情報主任參謀

二一

（ヘ）　轉向者の活用

（ト）　防共週間、防共デー又は街頭宣傳の實施

（チ）　青年、學生生徒其他各種團體に對する指導訓練

（リ）　其の他

（二）　助　成

（イ）　主義者の轉向助成

（ロ）　思想善導團體の活動援助

（ハ）　思想惡化地帶の淨化肅正

（ニ）　其の他

（三）　調　査

（イ）　蘇聯の實情調査

（ロ）　左傾又は轉向の動機等の調査

（ハ）　各國に於ける防共運動の實情調査

（ニ）　其の他防共運動に關し必要なる一切の調査

（四）　表　彰

　共產主義運動の取締又は防共運動に關し功勞ありたるものゝ表彰

二

第八章　會　計

第三十條　本會の會計年度は毎年四月一日に始まり翌年三月三十一日迄とす

第三十一條　本會の事業資金は補助金又は篤志家の寄附を以て之に充つ

第九章　附　則

第三十二條　本會規約は評議員會の諮問を經て總裁の承認を受くるに非ざれば之を變更することを得ず

朝鮮防共協會事業內容

（一）啓發宣傳
（イ）定例的機關紙の發行
（ロ）宣傳印刷物の發行（パンフレツト、ポスター、ビラ等）
（ハ）講演會、展覽會、座談會の開催
（ニ）防共團指導員の巡回
（ホ）新聞通信、ラヂオ、映畫等の利用

第七章　會　議

第二十四條　評議員は必要に應じ會長之を召集す
第二十五條　評議員會は幹事及評議員を以て之を組織し會長を議長とす
　評議員會に諮問すべき事項概ね左の如し
一、本會目的達成上重要なる事項
一、豫算及決算に關する事項
一、規約改正に關する事項
一、總裁又は會長に於て特に必要と認めたる事項
第二十六條　聯合支部及支部評議員會は必要に應じ聯合支部長又は支部長之を召集す
第二十七條　聯合支部評議員會は聯合支部の副支部長、幹事及評議員を以て之を組織し聯合支部長を議長とす
　支部評議員會は支部の幹事及評議員を以て之を組織し支部長を議長とす
第二十八條　聯合支部及支部評議員會に諮問すべき事項概ね左の如し
一、聯合支部又は支部の目的達成上重要なる事項
一、其の他聯合支部又は支部長に於て特に必要と認めたる事項
第二十九條　會議は時宜に依り書面審議と爲すことを得

九

支部事務員は支部長之を命免す

第十七條の二　聯合支部又は支部に顧問を置くことを得
聯合支部又は支部顧問は學識經驗ある適當と認められる者に夫々總裁又は聯合支部長之を囑託す

第十八條　役員の任期は三年とす但し重任を妨げず、官職に依り總裁又は役員たる者の任期は其の在職期間とす
補缺として就任したる者の任期は前任者の殘存期間とす

第六章　防共團及防共部

第十九條　支部の下に必要に應じ防共團を組織し其の名稱は適宜之を定む

第二十條　防共團は團長一人、幹事及團員若干名を以て之を組織す但し必要あるときは顧問若は副團長若干名を置くことを得

第二十一條　團長、顧問、副團長及幹事は聯合支部之を囑託す
團員は支部長之を命免す

第二十二條　團長は支部長の指揮を受け團務を處理す
幹事は團長の命に依り團の事務に從事す

第二十三條　既設の敎化團體、學校、其の他適當と認められる團體には必要に應じ關係機關と協議の上防共團に準じ防共部を設置することを得

八

聯合副支部長は聯合支部長を補佐し聯合支部長事故あるときは其の職務を代理す

聯合支部常務幹事及事務員は支部長の命を受け聯合支部の常務を處理す

聯合支部評議員は聯合支部長の諮問に應じ又は意見を開陳す

第十五條　聯合支部長は道知事に、聯合副支部長は道警察部長に、聯合支部常務幹事は道警察部高等警察課長に、其の他の幹事及評議員は適當と認むる者に總裁之を囑託す

聯合支部事務員は聯合支部長之を命免す

第十六條　支部に左の役員を置く

一、支　部　長　　一　名

一、支　部　幹　事　　若干名(内一名を常務幹事とす)

一、支　部　評　議　員　　若干名

一、支　部　事　務　員　　若干名

支部長は聯合支部長の指揮を受け支部の事務を掌理す

支部幹事は支部長の命を受け支部の常務を處理す

支部評議員は支部長の諮問に應じ又は意見を開陳す

第十七條　支部長は警察署長に、支部常務幹事は警察署高等主任に、其の他の幹事は適當と認むる者に聯合支部長之を囑託す

支部評議員は防共團(部)長其の他適當と認むるものに聯合支部長之を囑託す

七

一、評議員　若干名

一、主　事　一名

一、事務員　若干名

會長は本會を代表し會務を總理す

常務幹事は會長の命を受け會の常務を執行す

評議員は會長の諮問に應じ又は意見を開陳す

主事及事務員は會長の命を受け會務に從事す

第十三條　會長は警務局長に、常務幹事は警務局保安課長に、其の他の幹事及評議員は適當と認むる者に、總裁之を囑

託す

主事及事務員は會長之を命免す

第十四條　聯合支部に左の役員を置く

一、聯合支部長　一名

一、聯合副支部長　一名

一、聯合支部幹事　若干名　（内一名を常務幹事とす）

一、聯合支部評議員　若干名

一、聯合支部事務員　若干名

聯合支部長は會長の指揮を受け聯合支部の事務を掌理す

六

第四條　本會は事務所を朝鮮總督府警務局內に置く

第五條　本會は各道に聯合支部を置き朝鮮防共協會何々道聯合支部と稱し其の事務所を各道警察部內に置く

第六條　必要に應じ警察署に支部を置き朝鮮防共協會何々道何々（警察署名を冠す）支部と稱し其の事務所を警察署內に置く

第四章　會　員

第七條　本會の會員は防共協會役員、防共團員、防共部員及會長に於て適當と認めたる者を以て之に充つ

第八條　會員は物質的負擔を負はざるものとす

第九條　會員にして本會の名譽を汚損したるときは會長に於て之を除名することを得

第五章　總裁、顧問及役員

第十條　本會は政務總監を總裁に推戴す

第十一條　本會に顧問を置く
顧問は朝鮮總督、朝鮮軍司令官、鎭海要港部司令官を推戴す

第十二條　本會に左の役員を置く
一、會　長　一　名
一、幹　事　若干名（內一名を常務幹事とす）

五

朝鮮防共協會規約

（昭和十三年十一月二日一部改正）

四

第一章　名　稱

第一條　本會は朝鮮防共協會と稱す

第二章　目的及事業

第二條　本會は共產主義思想及運動の撲滅防衞を圖ると共に併せて日本精神の昂揚を圖るを以て目的とす

第三條　本會は前條の目的を達する爲左の事業を行ふ

一、機關雜誌其他刊行物の發行、講演會、展覽會、座談會等の開催

一、主義者の善導

一、防共上必要なる事項の調査研究

一、防共に關し功勞偉績あるもの丶表彰

一、其の他會長に於て必要と認めたる事項

第三章　事務所

西歐に於てはスペインの動亂を誘發して歐洲の天地に一大暗影を投じ、更に東漸しては隣邦支那を使嗾して抗日人民戰線の結成を策し、蔣政權をして東洋平和の攬亂者たらしむるに至りたる事は今次の日支事變に依り其の全貌を明にし得たる處なるが、曩に日獨伊三國間に世界歷史上劃期的なる防共協定の成立を見たるは、一に此のコミンテルンの世界赤化の脅威に對抗して共同防衞陣の強化を計らんが爲にして、革新的勃興機運にある日獨伊三國は相提携して共産主義的破壞工作を排擊し、國家の安寧、社會の福祉の增進を期すると共に、進んで防共精神を國際的に發揚して世界平和の維持確立に貢獻せんことを冀望したる次第にして、特に東亞の安定勢力たる我日本は此の防共精神を擴充徹底し、且之を現實に實踐することに依り東洋平和の確立者たる神與なる國家的使命の實現に邁進することの喫緊事たるを確信する處なり。

釀つて朝鮮に於ける共産主義運動の現狀を觀るに、滿洲事變を契機として漸次衰退の氣運を辿り、殊に今次事變發生するや斯種主義者中克く聖戰の意義を認識して皇國臣民の本然に歸り、相率ひて銃後の赤誠を披瀝しつゝあるも、頑迷なる一部主義者に在りては今尚迷夢より醒めず時に反戰反國家的言動を企圖して擧國一致の體制を妨害せんとするが如き氣配あるは、洵に遺憾とするところなり。固より斯く不穩思想に運動に對しては斷乎たる取締を必要とするも、他面我國體を明徵にし一般民衆をして確固たる國體觀念を把握せしむると共に、防共思想を旺ならしめ自衞的立場に於て反國家思想の侵入感染を防遏し更に進んで不穩思想抱持者を改過遷善し、以て眞に皇國臣民たるの自覺を促すの要切なるものあり。

茲に於て時局に鑑み、且つは日獨伊防共協定の趣旨に基き、眞に國防の實を擧ぐる爲朝鮮防共協會を組織し、一般大衆を總動員して共産主義思想並に運動の誤謬を周知せしめ、之が撲滅防衞を期すると共に更に進んで日本精神の昂揚を圖り以て思想國防の完璧を期せんとす。

昭和十三年八月十五日

ならず支那事變の長期化に伴ふ國防の見地よりするも絶對必要とするところなるを以て之が具體策として民間防共網を確立し以て官民協力防共、防諜の目的達成に邁進すべく國民精神總動員運動と併行し、之が組織準備を進め左記趣旨、規約並事業內容に依り昭和十三年八月十五日中央本部たる朝鮮防共協會を組織し同時に夫々役員を推戴、囑託又は任命して組織を完了せり。

記

朝鮮防共協會趣旨

支那事變勃發以來旣に一年有餘、此の間我が忠勇なる將兵は破竹の勢を以て連戰連捷、北支を拔き中南支を席捲して多大の戰果を收め銃後の半島民衆亦克く時局を認識して國民的自覺を喚起し內鮮一體盡忠報國の誠を竭しつゝあり。然れどもコミンテルンの傀儡たる蔣介石政權は未だに所謂長期抗日を標榜し國際情勢亦混沌として豫測を許さず事變の前途全く逆睹し難きものありて時局は益々重大化の情勢にあり。斯る我國未曾有の重大時局を打開し今次聖戰の目的たる東洋永遠の平和を確立せんが爲には擧國一致國策に順應し凡有反國家的思想を克服し以て日本精神を世界に宣揚し八紘一宇の大理想の實現を期せざるべからず。

元來蘇聯の宣傳する共產主義思想は徒に唯物的偏見に捉はれ階級鬪爭を煽動して民心を惑亂し、文化を破壞し、國際正義を無視して世界革命を陰謀し、後方擾亂を企圖する思想戰略に外ならず。而してコミンテルンの世界赤化政策の銳鋒は

防共運動 の 狀況

一、朝鮮に於ける共產主義運動の經過

朝鮮に於ける共產主義運動は大正九年以來急激なる進展を遂げ大正十四年四月火曜會を中心とし內地留學生と聯繫ある北風會の一部を加へ、京城に於て最初の朝鮮共產黨並高麗共產靑年會を結成しコミンテルンの正式承認を得るに至り、爾來全鮮に亘り運動戰線の擴大强化に狂奔したるも昭和六年滿洲事變を契機として一時熾烈を加へたる同運動も衰退の一途を辿り、共產主義者續出し殊に今次支那事變に依り一層正義日本の力を認識し、又一面皇國臣民としての意識に目覺め幾多の實踐經歷を有する危險分子も過去運動の誤謬に想到飜然悔悟し進んで銃後の守りに盡すが如き事例不尠如斯現象は必然の結果として、左翼陣營の衰微を招來し爲めに逐年非合法運動も亦漸次減少の傾向ありと雖も、今尙執拗なる潛行工作の跡も絕たす寧ろ其の手段方法は愈々陰密且巧妙化せんとする傾向にある實情なり。

二、朝鮮防共協會の組織

萬代不易の我が國體を明徵にすると共に共產主義思想は我が國體と絕對に相容れざるものにして全人類の福祉を危殆ならしめむとする侵略手段なることを闡明し斷乎として之が國內侵入を防邊し他面國內に於けるの此の種思想の徹底的撲滅を圖り、更に進んで我が皇道精神を吟く宣揚し幷せて防諜の完璧を期することは現下時局の重要性に鑑み、竇に治安上のみ

一

皇道宣揚

防共護國

尹德榮閣下 揮毫

尹德榮 [印] [印]

減共

建序

有田八郎閣下 揮毫

有田八郎

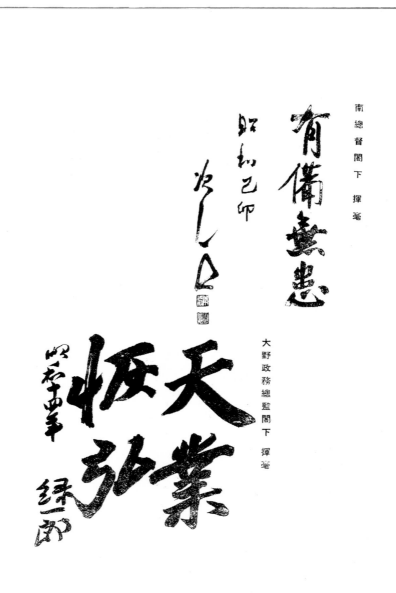

南總督閣下 揮毫

昭和己卯

有備無患

大野政務總監閣下 揮毫

昭和五年

天業恢弘

綠郎

二一

目次

朝鮮に於ける防共運動